与子携手半生，仍是当年模样

桃乐工作室◎主编

哈尔滨出版社
HARBIN PUBLISHING HOUSE

图书在版编目（CIP）数据

与子携手半生，仍是当年模样 / 桃乐工作室主编
. — 哈尔滨 : 哈尔滨出版社, 2019.4
ISBN 978-7-5484-3491-7

Ⅰ. ①与… Ⅱ. ①桃… Ⅲ. ①散文集 – 中国 – 当代
Ⅳ. ①I267

中国版本图书馆CIP数据核字（2019）第031738号

书　　名： 与子携手半生，仍是当年模样
YU ZI XIESHOU BANSHENG,RENG SHI DANGNIAN MUYANG

作　　者： 桃乐工作室　主编
责任编辑： 于海燕　杨　磊
责任审校： 李　战
封面设计： 贝哈鼠　王圆融

出版发行： 哈尔滨出版社（Harbin Publishing House）
社　　址： 哈尔滨市松北区世坤路 738号9号楼　**邮编：** 150028
经　　销： 全国新华书店
印　　刷： 湖北卓冠印务有限公司
网　　址： www.hrbcbs.com　www.mifengniao.com
E-mail： hrbcbs@yeah.net
编辑版权热线：（0451）87900271　87900272
销售热线：（0451）87900202　87900203
邮购热线： 4006900345　（0451）87900256

开　　本： 880mm × 1230mm　1/32　**印张：** 9　**字数：** 250千字
版　　次： 2019年4月第1版
印　　次： 2019年4月第1次印刷
书　　号： ISBN 978-7-5484-3491-7
定　　价： 28.00元

Preface 前言

阅读为我们带来的不仅是文化修养的提升，也为我们带来了更美好的人生。通过阅读，我们可以感受人生的喜怒哀乐、酸甜苦辣。常常去阅读，并且去回味，那么我们的任何问题都可以得到很好的解答。俗话说得好，书中自有颜如玉，书中自有黄金屋。好的书籍对于我们来说就是“黄金”。好的书籍可以教会我们如何在平凡的人生历程中，走出不平凡的道路，从而到达幸福的彼岸。

我们由懵懂到成熟，经历过亲情、爱情、友情的洗礼，我们为了梦想不懈奋斗，这些种种，我们在书中都可以获得经验和教训。通过阅读，由无知到博学，通过书籍，了解生活的方方面面，从而提高自身的整体素质。然而，要如何去读书，怎样读好书，却是人们长期讨论的课题。而有一种说法是，要想读好书，就需要在思想上重视读书，有选择地去读好书，保障充足的阅读时间，不局限于书本，积极发现，勇于探索，用书本上的知识去解决实际的问题。通过这种方法，我们可以了解到读书的真正意义。

所谓读书，就要从心出发。只有发自内心地喜爱，才能真正地去读好书，无论在何种情况下，都能够嗅到书的馨香，从而遨游在书的海洋中，去感受和品味书籍。人生因为有书的陪伴，才会色彩斑斓；因为与书的接触，才会迸发出激情。阅读的时间一长，我们便能够在书中找到对人生、对生命最深刻的感悟。

翻开本书，让我们穿梭于美妙的文字中，静心感受生活的美好，抛开烦恼，在字里行间寻找真理，感受幸福，从而开启快乐的人生旅程。

Contents 目录

与子携手半生，
仍是当年模样

一次，我实在忍不住了，背着父亲，悄悄跟母亲商量说：“换一件吧，这件不好看。”母亲笑，低下头抚摸着衣裳，说：“这是你爸送我的呢。”遂照旧穿上它，挽着父亲，从容淡定地走。

爱

在母亲 60 岁生日那天，父亲特地赶了 30 多里路去了一趟街，给母亲买回一件新衣裳。

新衣裳的尺码过大了些，且颜色也俗——父亲是个穿着极不讲究的人。他的衣服，都是母亲帮着买的，所以，他挑衣服的眼光，就很有限了。

母亲却欢天喜地地把新衣裳接了去，脸上现出少女般羞涩的红润，唇边的皱纹花瓣一样舒展开来。孩子似的迫不及待地把父亲送的新衣裳换上。

我们于是都看到一个事实——父亲买的衣服，与母亲极不相配。纤瘦的母亲，裹在那件大大的衣裳里，显得矮小了很多。

还有那颜色，是极其耀眼的米黄，母亲的肤色，在长期的风吹日晒之下，已变得黝黑。米黄的色彩，把母亲的肤色衬得越发黑了。

母亲却喜滋滋地在穿衣镜前转个不停，一边拿眼瞟父亲，一边问：“好看吗？”父亲看半天，用手搔头，有些沮丧地说：“尺码大了。”

母亲忙低下头看，说：“哪里大了？”然后抬头，冲父亲笑，说：“不大不大，正好的，这样穿着才不拘束。”语气里竟都是欢喜。怕父亲不信，母亲又伸直手臂，做了一个展翅欲飞的动作，以证明那件衣服，她穿着的确很宽松很舒服。

父亲起初还忐忑着，怕母亲不满意。看到母亲如此心满意足，他也就高兴起来，觉得自己做了一件很有意义的事，吃饭时，还因此多喝了两杯酒。

从这以后，大凡遇到母亲认为的重大场合，譬如家里来客人，譬如走亲戚，母亲都会把父亲买给她的那件衣裳隆重地穿上。

其实，母亲的衣橱里，不是没有漂亮的新衣裳的，我和姐姐常给她买，母亲随便穿上一件，都比父亲买的那件强，但母亲硬是不穿。

一次，我实在忍不住了，背着父亲，悄悄跟母亲商量说：“换一件吧，这件不好看。”母亲笑，低下头抚摸着衣裳，说：“这是你爸送我的呢。”遂照旧穿上它，挽着父亲，从容淡定地走。

一件耀眼的米黄色的衣裳，如果没有爱，也许俗不可耐，但有了爱一切就都不一样了。感动，是在那一刻充盈于心的，一辈子没说过爱的母亲，却把爱诠释得如此简单明了。

只因为那是父亲买的衣裳，再不合适，她也能穿出幸福来。

爱无须太多的言语，只是把他送的衣服穿在身上，即使再不合适，也因爱而变得不一样。有爱的路上，可以从容淡定地走，心满意足地收获幸福。有了爱，就会拥有幸福，无论在哪，无论在何时，因为有爱，都会变得充实和满足。

复读的时候，你的信纷至沓来，你鼓励我，给我信心，你说你会在远方为我加油。但是我一直不敢给你写信，因为我觉得这个时候我们之间的距离拉得太远，强求的一切只会是徒劳。我把所有的心思都放在了学习上，为了一个美丽的约定我暗暗努力。

记得我们有约

当班主任宣布“一帮一”名单的时候，我既激动又内疚，激动的是我终于有机会接近心仪已久但一直以来却只能敬而远之的你了，同时我又担心无药可救的我会成为你的累赘。而你却没有丝毫顾虑，倒像接到一个“光荣任务”，满脸欢喜。当我紧张兮兮地偷窥你时，你正向我灿烂地笑。

在你的要求下，老师让我做了你的同桌。接下来的日子里，你开始拯救自甘沉沦的我。是你打消了我辍学的念头，让我重新拾起了绚丽的梦想，让我懂得了活着的价值与意义。

你那无微不至的关心，点点滴滴地改变着我，像一场柔情的雨，潜移默化地滋润着我枯竭的心灵。我想你一定也还记得，那个时候，为了拴住我那放荡不羁的心，你甚至连吃饭都跟我在一块儿。

每次你把好吃的菜往我碗里夹，我心里酸酸的，那是一种面对母亲的关爱时才有的感觉。

为了帮我补习落下的功课，你放弃了休息，天天都陪我学习至深夜。

那一段段夜阑人静的时光我仍旧记忆犹新，当教室里只剩下我们两个时，你那纤细美丽的声音多么动听。

在你给我讲解题目的时候，我的心潮是很不平静的，总有种怪怪的感觉。在那一刻，与你有关的每一个细节，都足以淹没我所有的睡意。

那种感觉无以言表，如蝴蝶撩拨着我的心思，我想我是爱上你了。

但是，在那个年龄段，爱情对我们而言是个多么遥远的话题。在想爱与不敢爱的周旋中，我寝食不安，浮躁与焦虑常常显露出来。和你在一起，我开始心不在焉起来。你讲了些什么，我一无所知。

虽然在你面前我极力掩饰着自己，但心思还是被你看透了。

在一个黄昏，你把我约到舜水河畔。在那里，你说出了我心中所有想说而未说的话，我沉默无语。当彼此的目光交织在一起，我可以感知你的心也同我的心一样，洋溢着难以言喻的激动。

末了，你又说，等以后考上大学，我们再续这段情缘。那天，我鼓足勇气给了你一个笨拙的吻。你知道吗？那虽然只是短暂的一瞬，但却包含着我一生一世的承诺和期待呀！

我们终于又可以平静相处了，面对“黑色七月”，我们共同努力着。你的成绩继续稳居第一，而我在你的帮助下也取得了长足的进步。毕业后，你如愿以偿地考上了一所名牌大学，我则由于基础太差而名落孙山。

复读的时候，你的信纷至沓来，你鼓励我，给我信心，你说你会在远方为我加油。但是我一直不敢给你写信，因为我觉得这个时候我们之间的距离拉得太远，强求的一切只会是徒劳。我把所有的心思都放在了学习上，为了一个美丽的约定我暗暗努力。

后来，我也幸运地迈进了象牙塔。可是，第一次提笔给你写信的时候，我却没触动那份或许已尘封的情感，只是老朋友拉家常一样说了些无关紧要的琐碎事情。

随着岁月的流逝，我越发觉得那个约定只是个缥缈的梦，已渐行渐远。收到你的回信，情况也一样。毕竟是长大了，已学会坦然面对现实。当我读完你的信时，心情出奇地平静。

也许彼此都还牵挂着那个约定，也许你也有同样的顾虑，所以，我们不约而同地把它埋在心底。多年以后，当我们都找到了各自的爱情归宿，倘若有缘再见，我想我们还是能微笑着面对彼此。

而那句似乎已无关风月的话语只能在心里默念，虽然没说出，彼此却都能听见，尔后会有一股淡淡的忧伤流过心坎——记得我们有约！

爱情总是在自己还不能把握的时候来临，来得让人幸福，让人甜蜜，也来得让人无奈。有人会说，当爱情出现时不去追求，等待也可能永远只是等待。但它会永存在心中，保存着美好，即使有淡淡的忧伤。

这对夫妇就住在我楼下。男的双目失明，女的半身瘫痪。他们住在二楼，每次妻子上下楼都靠丈夫坚强的后背，于是两颗心变一颗心，妻子的眼睛也成了丈夫的眼睛。

双赢

我眼前常出现挥之不去的一幕：一个六十开外的男人低着头弓着腰，身体完全是90度弯曲，安然地背着足有65公斤重的妻子，在楼梯上迈着沉重的步子。

这对夫妇就住在我楼下。男的双目失明，女的半身瘫痪。他们住在二楼，每次妻子上下楼都靠丈夫坚强的后背，于是两颗心变一颗心，妻子的眼睛也成了丈夫的眼睛。

我搬进这幢楼已三年有余，也去过他们家。女主人性格开朗，张口就笑，声音爽朗而响亮。有时我在楼上都能听到她的笑声。这种笑是心里所有的开心来不及释放一下子冲出来的笑，这种笑是让健康的人听了既愉悦又惭愧的笑！

我曾对她说，你的笑是把开心和不痛快因子一起喷发出来，所以你心里很纯净。她听了又哈哈大笑，点头称是。她说她有一个无微不至关怀着她的老公，又有一个聪明漂亮的健康女儿，没有什么可让她苦恼的。所以她家里充满了开心的空气！

她很勤劳，在家里的活动就靠方凳下的四个轮子。她每天从卧室滑到客厅，又从客厅滑到厨房，滑着她的忙碌也滑着她的幸福。可我从未听到她老公开怀大笑的声音，那是因为没有视力的心是一颗宁静的心，他的快乐表现在脸上。我多次看到他一手执盲竿一手握着女儿的手，一脸的甜蜜和满足！

当她见我从楼上下来，忙叫丈夫止步，于是丈夫气喘吁吁地把右半边身子靠在墙上，以减轻妻子压在他身上的重量。第一次相遇，我真是惊呆了：丈夫的身体几乎是匍匐状，两手反向紧紧抱住妻子的双腿，而妻子的两只手却轻松地搭在丈夫的脖子上，她笑着说对不起，并请我先下楼。可我的腿僵住了。

我想帮他们，但他们天衣无缝的配合使我无从下手。我想安慰他们，可她眉开眼笑地问我吃饭了没有，轻松的神态和热情的口吻，让我觉得如果我说出同情或怜悯之类的话，他们一定会莫明其妙。我一下子觉得自己是多么无聊和渺小！

人的强弱是用外表来衡量的吗？人的幸福是用财富来衡量的吗？其实人生中真正的赢家不是因为老天给了他一副“好牌”。事实上把“好牌”打糟的人多的是。而把一副“坏牌”打好打活，并且打得有滋有味，那才是真正的赢家！

望着这对“重叠”在一起、无所畏惧朝上攀登的夫妇，我真的感动了，他们不仅是生活的赢家，还是爱情的赢家！

原来幸福也可以这么简单，他们以最完美的形式告诉人们爱、快乐以及尊严。幸福不分你我，人人都能拥有幸福，幸福也只有乐观的人才能更深刻地理解。

从那以后，她将紧身长裙和细跟高跟鞋压在了柜子深处。每次他陪她去买裙子，她在试穿时总会自觉地跨一大步让他看。为了幸福，她要跨这一大步，为了爱情，她要跨这一大步。

为了幸福，跨一大步

他是个时装设计师，设计出了无数美丽的时装。她则是个身材修长的曼妙女子，喜欢紧身长裙，裙子裹在身上，一直裹到脚踝，再配上细跟高跟鞋，她的美丽与高雅总是令人瞩目难忘。

可自从和他相爱那天开始，他就要求她改变装束：穿裤子或齐膝宽摆裙，鞋子只能穿半高跟的或平跟鞋。她一开始不同意，可他笑着说："我是时装设计师，你怎么不相信我？按我的设计你更好看。"

她爱他，所以愿意听从他的意见，从此将紧身长裙和细跟高跟鞋收进了柜子。

一晃他们结婚已有两年。虽然生活还是那么甜蜜，可她对他的话却不再像原来那样奉为圣旨了，尤其是他对她着装的干涉让她不太满意。她的朋友们都说她修长的身材配宽摆裙和平跟鞋简直是浪费。

从另一方面说，人的着装总应该有所变化吧。

于是有一天，在朋友的鼓动下她买了一条雪白的紧身长裙和一双白色的细跟高跟鞋，当她穿上窄身长裙时，朋友和店员连同店里的顾客都发出了惊叹："太美了！太美了！这衣服简直就是专门为你订做的。"她也发现试衣镜中的自己比平时更加美丽。

然而，不管她怎么说，他就是不准她将这身衣服穿出门，要穿也只能在家里穿，出门一定要换下来。他的反对更加剧了她的反抗心理。

第二天，她坚决要将这身衣服穿出门，可刚出门就被他拉了回来。她很生气。面对她的恼怒，他发了一会儿呆，然后从床下拖出一个箱子，拿出一本影集翻开来给她看。影集里多是他和一个美丽女子的合影，女子身材高挑，或着长裙或着旗袍，她身上的每一件服装仿佛都是为了勾勒她的曲线而设计的。

她看看照片，再看看他，心里有了一丝嫉妒："这是你以前的女友？"

他点头："她是我以前的女友小炎，也是我的模特儿。"

她嘴上说"她很漂亮"，心里却想，原来在他心里，穿长裙最美丽的女人非小炎莫属，因此他才一次次地阻止她和小炎有同样的装束。

他的声音突然低下来："她死了，死了六年了。"

她吃了一惊，抬头看他时，他的脸上已满是痛楚。

六年前的一天，他和小炎外出参加一个宴会，车在离饭店不远的地方停下，他先下了车，和来接应的朋友站在饭店门口寒暄。小炎也钻出了车，可刚走了两步，人就突然摔倒了，好一会儿她都没能完全立起身来。他赶紧向尴尬异常的她跑过去，可不等他跑近，一辆摩托车突然从后面冲了过来，将她再次撞倒在地上……

交警根据现场情况做出了判定，小炎迈步时，尖细的鞋跟踏在了一块突出的石块上，脚一扭，被裙子绊住，整个人就倒了下去，又因为她穿的长裙过于紧，妨碍了她迅速起身，以致被冲过来的摩托车撞上。

"她那身衣服是我当时最得意的作品，她也特别喜欢，所以一定要穿着去参加朋友举办的宴会。可没想到，正是我最得意的作品害了她。你想想，如果当时她没穿那双细跟高跟鞋，她就不会跌倒，即使跌倒了，如果她穿的那条裙子不是那么紧紧地裹住她的腿脚，她就会迅速地站起来，再怎么也不会被摩托车撞倒……"

说到最后，他已是泣不成声。

从那以后，她将紧身长裙和细跟高跟鞋压在了柜子深处。每次他陪她去买裙子，她在试穿时总会自觉地跨一大步让他看。为了幸福，她要跨这一大步，为了爱情，她要跨这一大步。

爱情是一种牵挂和守候，因为一辈子如此短暂。人的一生，其实一眨眼就过去了。所以，遇见爱情，一定要好好珍惜，爱不在于表面的光鲜明丽，而在于真心牵手看花开花落，细水长流。平凡的爱情，也许更加弥足珍贵。

他在世时，待她如孩子，她被娇惯与宠爱，早就习惯了他的爱。但她并不曾说过有多爱他，只觉得他是亲人，永远会在身边。他突然走了，她的心空了，爱他的话写在纸上，爱他的心表现在行动上，她为他担起家庭的重担，把爱的天空重新撑起。

爱的天空

那天看《实话实说》我流了泪。好久不看这档节目，崔永元走了之后，我只是偶尔才看。

那个女人，四十几岁了，长得并不好看，可是，她很坚强。丈夫出车祸突然去世，家里的天，一下子就塌了。

她上有七八十岁的公婆，下有还未成年的儿子，而自己并不知道丈夫的业务。

丈夫是搞建筑的，欠了好多钱，比如银行的钱，比如农民工的钱。

丈夫尸骨未寒，要债的人蜂拥而至，人死了，债不能烂啊。几十万元的债啊，一下子压在了她的身上。

她平静地说："我丈夫欠大家的钱，我一定还。"

没有人相信她的活，一个弱女子，拿什么还？她懂这里面的业务吗？这纠缠不清的债务，一个能干的男人都弄不清，谁肯相信这样一个女人？

她出去打工了，收拾起丈夫的那摊子事，一切从零做起。拿到的第一笔钱，她先还了银行，银行的主任当时眼圈就红了，因为，丈夫贷的是信誉贷款。她说："我丈夫虽然去世了，可是，他的信誉我不能丢。"

她的丈夫，在生前是个诚信的人。所以，她说："就是后半生累死也要还上丈夫欠下的债。"

第二笔钱，她还了农民工。

农民工不容易，她说："出来挣不到钱，家里有父母妻儿，我得有良心。

还一笔钱，她就给丈夫写一封信。这些信，是寄到天堂的信。她说："你放心吧，我会把债全还上的。"

她只有小学文化，可是，因为思念丈夫，她居然每天都要给他写上一封信。到最后，她写给丈夫的信已经很有文采了。

中秋节，她思念在天国的爱人，一边写信一边掉眼泪，把三年受的苦和累全写在纸上，她说："你知道我有多想你吗，我的爱人。我不能因为你去了就把债赖掉，我不能让别人说你半个不字，我不能让你在天堂里不安心……"主持人读到这里时，我的眼泪掉了下来。

他在世时，待她如孩子，她被娇惯与宠爱，早就习惯了他的爱。但她并不曾说过有多爱他，只觉得他是亲人，永远会在身边。他突然走了，她的心空了，爱他的话写在纸上，爱他的心表现在行动上，她为他担起家庭的重担，把爱的天空重新撑起。

最难的时候，一群人堵在门口要债，她的小儿子，每月 300 元生活费，为了帮妈妈还债，每天只花一块五，最后，饿昏在教室里。老师打电话叫她去，孩子说："妈妈，我就是想帮您省点儿钱去还债，这是我两个月省下来的 308 元钱，再有人来要债，就把这钱给他们吧。"

她抱着孩子哭，擦了眼泪再去打工，即使累死，她也要让家里的人过上好日子。

三年后，她基本还清了所有的债务。这对于一个女人而言，简直是一个奇迹，而她写给丈夫的信也有厚厚的一本了。主持人让大家看了那些信，很多信都字迹模糊，想必她是边哭边写的。那份爱，可以和谁说？唯有和天堂里的他倾诉吧？

那些她费尽了心思找到的债主，看到她来还钱时都感动不已，他们本来都放弃了，有些好几年的债务，他们根本就不想要了，可她却连本带利还给了人家。这些人说，这个女人，让他们懂得了什么是真正的诚信！

从前，一直不理解爱情，觉得爱情就是你侬我侬，是小夫妻的甜蜜纠缠，是撒娇与任性，是爱与缠绵……但这个女人的爱情让我知道，爱情也可以是两棵树，一棵树倒下了，另一棵树要撑起这片天空。只为了，你在天堂，我要让你安心。

电视上的她，一直面带微笑，所有的人都流了泪，可她微笑着讲述着她和他的故事。我知道她为什么微笑，因为他说过，她笑的样子很好看。

如果爱一个人，他的一句话，她可以记一生，哪怕是一句微不足道的话。

如果爱一个人，天塌下来她也要扛着，因为她知道，他在天堂里一直看着。

所以，她要还清丈夫欠下的所有债务，只为了让他在天堂里，心安，幸福。

其实，爱情应该是两棵根相接、叶相连紧紧靠在一起的树。一棵倒下了，另一棵会撑起这片天空，为的仅仅是让他安心幸福地在天堂活着。

阳光路，多好听的名字。在那个繁华的大城市，这条阳光路一定是铺满了金灿灿的阳光。于是她对阳光路 17 号充满了无限向往。

阳光路 17 号

她和他结婚不到一个月，他就出去打工了。

都是穷人家的孩子，他们结婚时只买了一张床。他们山村的男人几乎全出去打工了，山上的东西实在是不能养活他们。

她在家里，种地、养猪、赡养老人，等待着他从远方寄来的信和钱。

每个月，他都会给家里寄钱，或多或少。收到他寄来的钱的时候，她像个孩子一样，跑到储蓄所把钱存起来，舍不得花掉一分。收到他的信的时候，她一个字一个字地读。他们文化都不高，仅仅能写信而已，他的字很丑陋。可是她喜欢，那字里行间满是对她的牵挂和惦念。

她也写回信，羞涩地表达着想念和惦记。正值新婚，她的每一瓣心花里，全是那个黑黑瘦瘦的男子。

他的地址她早就背下来了——阳光路 17 号。

阳光路，多好听的名字。在那个繁华的大城市，这条阳光路一定是铺满了金灿灿的阳光。于是她对阳光路 17 号充满了无限向往。

他在来信中说：“阳光路是一条非常漂亮的路，绿荫蔽日，有铺满碎石的小路，我们这里的条件相当好，住的是有阳台的那种房子，虽然是打工，可并不觉得苦。”

于是她的想象就更加完美，甚至出现了小说里的场景，那阳台上有杜鹃花吗？有水仙花吗？那围墙上爬满了青藤吗？这种想象让她对外面的世界充满了好奇，所以，等待阳光路 17 号的来信成了她最大的快乐。

她喜欢听他描述外面的世界，那些红白相间的房子，那些穿着漂亮衣服的女孩子，那悠扬的钢琴声，当然，她还听他说起过麦当劳。她只是听说过那种美式快餐，他在信中说，什么时候来了，他带她去吃。

但那年春节，他却没有回来。他说，公司组织去海南旅游，机会难得，还是明年再回来吧。她逢人便说：“我们家男人去海南旅游了，公司组织的。”好像公司是个很气派的词，好像海南是国外一样。她存折上的钱越来越多了，她跟他说：“明年你回来，我们一起盖个新房子吧。”

他们在信上的计划是那么美好，盖个新房子，买几头小猪崽儿，再种点儿玉米，生一个孩子，想着想着，她就会甜蜜地笑。他离家快两年了，她想他想得快发疯了。毕竟他是新婚离开的啊！于是她动身去找他，想给他一个惊喜。

坐了三天三夜的火车，她终于到达了那个城市。那真是一个美丽的大都市。她一下子就晕了，如果不是警察帮助她，她简直分不清东南西北了。她把写着“阳光路17号”的纸条递给警察，警察说，那是很远的地方，在郊区呢，离城市还有两个小时的车程。她呆了一下，以为听错了，他明明说是在市中心啊。

坐了两个小时的车，她又打听这个地方，有人指给她说，往前走，那边搭的简易棚子就是！

她终于看到一个破牌子上写着：阳光路17号。

那是一个简陋的木牌子，上面有水泥和白灰，她也看到了那些简陋的房子，真是红白相间，红的砖上面画着白线。而刚才路过那些漂亮的小区时，她也的确看到了带阳台的房子，听到了钢琴声，可那都是别人的快乐。

那一排房子，都是临时搭建的。旁边的人说：“这片大楼快盖完了，这片简陋的房子也快拆除了，如果你再不来，就看不到了。这帮农民工也应该回家了。他们在这里干了快两年了，为了多挣些钱都舍不得回家，春节老板跑了，连路费都没有，黑心的老板让他们没办法回家。”

她哭了。她站在那简陋的房子前，想起他说过去海南旅游，想起他说过的公司和钢琴声，想起他说带她去吃麦当劳。她敢断定，他从来没有离开过这里，他从来没有去吃过麦当劳。

她没有去找他，又坐了三天三夜的火车回了家。回家后她写信给他："我想你了，回家吧。"

一个月后，他带着大包小包回了家，当然，还带着一份不再新鲜的麦当劳。她让他吃，他说："你吃，我在外面经常吃。"

她含着眼泪吃完那个叫汉堡包的东西，一个小小的汉堡包，要卖 10 块。吃完了她说，不好吃，不如红薯粥好喝呢，怪不得你说吃腻了。

整整一夜，他给她讲外面的世界，说自己的公司多好，说住的房子多漂亮。他一直说阳光路 17 号，她听着，在黑暗中流下眼泪。最后，她握住他的手："因为有你，那条路应该叫阳光路。"

她一直没有说，她去过阳光路 17 号。那是她心底一个幸福而心酸的秘密。

"幸福是为别人而生活。"尽管我们活得很艰辛，但是我们也要乐观地生活，因为我们活着是为了让爱我们的人幸福。不管我们处境如何，我们都不要忘了那条阳光路。

他和她终于分了手。当别人问为什么时，他们都保持缄默。是的，说出来谁会相信呢？一年多的朝夕相处和有意栽培竟然抵不过一瞬间拍下的一张随意的照片。

爱情的底片

他是一个优秀的男人，硕士毕业后留校任教。女友漂亮聪慧，在一家出版社当编辑。两个人中规中矩地相识了一年多，眼看就要谈婚论嫁了，忽然间，女友提出了分手。

“为什么？”他一遍遍地问，好奇大于生气，“你究竟对我什么不满意？工作、学历还是家庭？或者是我的处世态度和生活作风有什么问题？”“都不是。”女友说，“只是因为那张照片。”

他的心不禁一颤。那是一张极普通的照片，是他与一个女学生的合影。他常去一家成人进修学院讲课，每次讲课时，那个学生都会坐在教室的最前排，全神贯注地盯着他看。下课了就给他端一杯水，然后和一大帮同学围着他聊东聊西。他对她印象不错，和她在一起时也挺舒服，但也仅此而已。

“她端水给你时，你有什么感觉？”女友追问。“学生给老师端水不是很正常吗？”“那她盯着你看时呢？”“也很自然啊。老师怎么能怕学生看。”“那我盯着你看试试。”女友道，然后便死死地盯住他，有几分试探，又有几分认真。“开什么玩笑？”他却觉得浑身不自在了，忙拿话题岔开。

不久，就出现了那张照片。那是一次课间休息，一个同学随身带了一架照相机，还剩下几张胶卷没拍完，便对着同学们胡乱抓拍，忽然看见他正和她说着什么，便顺手给拍了下来。不过照片拍得实在是不错：他和她的脸挨得很近，额头几乎抵着，目光相对，会心微笑。他的神情如暖暖的春风，她的神情如漾漾的春水。

“拍的时候，你在想什么？”自从见到这张照片，女友就絮絮地问。

“当时正在说话，哪里顾得上多想什么。”

“那么，你们在说什么？”“不记得了。”他淡然道，“不过是一张照片，别太在意。”

“你们看来可是真的挺好。”女友的神情带着些微的惆怅。

“那不过是一张照片。”他有些急了，“我现在就可以撕掉它！”

“撕掉照片容易，可是你能撕掉那个人吗？”

“我和她只是师生关系，至多算是朋友，”他气愤地说，“不信你可以去调查！”“

有些东西连你自己都没发现，我又能够去查什么？”女友幽幽地说，“相信我，我绝不是无中生有。她很适合你，你也很适合她。你之所以和她没有故事，是因为你在有意识地为我负责，从而无意识地把她关了在情感圈外。”“你根本没见过她，怎么知道她适合我？”

“不要以为这张照片不算什么，有时候，一句话，一个动作，一声叹息，都足以表明一切。”女友指着照片上的他和她，“你仔细看看她的眉毛，她的眼睛，再仔细看看你的笑容，你的神情……你是喜欢她的，是不是？”他沉默了。他从来没有想过这个问题。现在追究起来，他还真是一点儿都不讨厌她，也可以说是喜欢她。如果他有意让这种喜欢延伸下去，这种喜欢有可能会变成很喜欢，甚至是爱。

“然而，我们在一起这么长时间，却从没有照过一张这么和谐的照片。”女友说着翻开了影集。果然，他和女友的每一张照片都带着些莫名其妙的生涩、紧张和惶恐，亦如他和女友所谓的爱情。

“可是，你总不能为这样一张照片就和我分手吧！”

“那有什么不能呢？”女友静静地说，“当局者迷，旁观者清。我无法更细致地分析，你也不要太违心地否定。这张貌似友谊的照片背后，其实充满了难以言喻的爱情潜质。”他无语。

他和她终于分了手。当别人问为什么时，他们都保持缄默。

是的，说出来谁会相信呢？一年多的朝夕相处和有意栽培竟然抵不过一瞬间拍下的一张随意的照片。

后来，他真的和那个女孩儿结了婚。正如女友所说的那样，他和她确实更为适合。他才明白她在情感上是个多么锐利和精明的女人，那张他一直自认为友谊的合影，居然是一张被她一眼看清的只有在暗房冲洗时才能目睹的爱情底片。

他也才明白：有时候关于心灵的某些事情，在某些人的视线里，一丝一毫也不能隐藏。

心灵的颤动会通过一句话，一个动作，一声叹息，一个眼神毫无保留地表达出来，有时，甚至连自己也没有发觉。表象的背后往往隐藏着难以言喻的某种情感潜质。

高考很快来临了，他没有考上交大，却回了上海，而她则名落孙山，之后，他再也没有她的消息，原本，她在他的心中就是一丝丝涟漪，风没有了，涟漪也就散去了，也许她早就结婚生子了呢。

被遗忘的野百合

17 岁那年，他去一个边远的小城上高中，因为那里的高考分数线比上海低得多，作为高考大移民中的一员，他待在那里的时间只有一年。边远的小城是荒凉而寂寞的，甚至让他觉得是与世隔绝，和偌大的上海相比，这里的一切显得那样土气，甚至连人们说话的口音也那么难听。他却不知道，他清秀的外表和好听的普通话从他来的那一刻起就吸引了一个女孩儿。

那是一个当地的女孩儿，脸色黑里透着红，健康而美丽，有着羞涩的笑容，她见了他，总是低下头，飞快地躲开他的眼神。他心中得意着，因为知道她对他的喜欢。

因为学习比她好，况且将来是要回上海上学的，他的目标是交大，所以，他怎么会把这样一个平凡的女孩子放在眼里。忽然有一天，他的书桌里有淡淡的香气散出来，他打开书桌，看到书里夹了一朵花，他不知道那叫什么花，白色的，淡淡的清香，转瞬，他就明白是谁送的了。再见到她的时候他拦住了她，这次，她的心像跳到了嗓子眼儿一样，甚至连呼吸都不是均匀的。他更加得意地看着她，然后对她说："能告诉我那是什么花吗？"

"野百合。"她低着头，摆弄着衣角。"对不起，我不喜欢这种花。"说完他走了，头也没有回。而身后的她泪如雨下，一个女孩子的第一次啊，何况，她又没要求他如何，她只是想在这如花的季节里，能和他起度过高考前的那段日子。

高考很快来临了，他没有考上交大，却回了上海，而她则名落孙山，之后，他再也没有她的消息，原本，她在他的心中就是一丝丝涟漪，风没有了，涟漪也就散去了，也许她早就结婚生子了呢。

几年以后，他去一家合资企业应聘，却看到台上微笑着的她，美丽得如一只天鹅，皮肤白白的，头发长长的。他以为是长相类似的人，再看名字，果然是她，上面写着"人力资源部经理：徐亦芬"。

他呆住了，她，一个没有考上大学的女孩子怎么会来上海，而且还做了高层管理人员？她也看到他，招聘会散了的时候他再次拦住了她："真的是你？"她笑，像一朵百合："是从你开始，我才明白了一件事，一朵花要为自己找到春天才会让别人注意到，第二年我复读了，然后考到了上海来，直到念完研究生，直到自己从毛毛虫变成了蝴蝶。”

他的心里浮上淡淡的悔意，她不再是那个等待他定夺的黑黑的小女孩儿了。

说话间有一个男人开了一辆很漂亮的车过来，然后为她打开车门。他走开了，其实他已经被公司录取了，但为了自己的自尊，他没有来。

我们坚信，自尊是实现自我价值的动力，我们学会了如何尊重自己，也就获得了重生，获得了灵魂的升华。

我终于明白自己原来那份自以为是的爱恋只不过是小女孩儿的天真任性，而季，其实是早已明了结果的，他只是在以自己的冷静、宽容和坚忍，默默地等着我长大。

等着我长大

三年前，从师大毕业的我，被分到季所在的中学教书，当时我还是一个无忧无虑、眼睛里盛满童话的女孩儿。初为人师，我不缺乏热情但缺少经验，我的诚恳与虚心得到了全组同事的耐心指点和扶持，而身为组长的季自然而然地成了我最信赖的老师。

他的课讲得棒极了，旁征博引，妙语连珠，极富激情，不仅是学生，连我听他的课都觉得是一种享受。在最初的相处中，我除了钦佩和敬重季的才气之外，还从他那深沉含蓄的眼眸中，隐隐觉出了某种与众人不同的孤傲。

不知从什么时候起，出于什么原因，季开始成为我年轻的梦中不断重复的主角。是迷恋着他儒雅、谦和的风度和无穷的魅力，还是感动于他每年春天都要带着女儿去玩的童心？是出于对他的依赖，还是享受那种乖乖地跟在身材高大的他的身后，用高跟鞋清脆地敲打着楼板，笑嘻嘻地把粉笔抱回教研组的感觉？我至今无法说清，为什么由浪漫的幻想充斥着的精神世界，竟然会脆弱得几乎没有防御能力，任凭季的形象在心里直入，然后安营扎寨。季的一举一动开始左右着我的心情。而同时我们之间也没有了原有的那份无拘无束，我甚至再不能自然大方地同他讲话。

在他面前的拘谨、羞涩和慌乱使我在一个人时责备自己，我觉得他那睿智的目光似乎已洞悉了我心底所有秘密。我不知如何处理这份感情，也害怕他因看轻这份感情而看轻我。一种无所依归的忧伤常常如连绵的细雨包围着我，我不知如何才能走出这漫长的雨季。

一个教师节时，学校特意组织了一场庆祝宴会，人人都显得很兴奋，季也喝了很多酒。季忙着敬酒、唱歌，于半醉半醒之间和我谈话。灯光下，我看到季的眼睛里浮动着一份伤感，他说："人心有一种永恒的磁力，但指向纯洁的生活的内容远不止于此，因此，人有时又需要把坚强的内心当作城堡，而在外面竖起理性的旗子。"季的声音柔和而坚定，我听见他清晰地说："人生不是只有一处风景，心灵的成长需要时间，小姑娘，当你在梦的花园中徜徉时，别忘了留意哪扇门通往现实！"

这是季第一次也是唯一一次向我袒露自己的内心世界。纷乱的思绪使我来不及细细品味季的每一句话，然而，一种由生命深处溢出的感动、温柔、羞涩、甜蜜夹杂着一丝委屈却如一个张翅的五色小精灵，在心中轻轻喧嚣……我甚至想：如果自己的青春朝气和活泼笑颜，能给季的生活带去一抹亮色，使他少一些心灵的疲惫，那就足够了！

似乎形成了一种默契，季和我谁也没有再提起那次谈话，我们共同守着这个秘密。一丝丝温暖常常在我心底流动，生活又如晴空丽日，我比以前更活泼欢快也更精力充沛，在季的悉心指导下，我参加了市里的青年教师公开课评比并获了奖。

也许是冥冥之中的一个定数，季的妻子的出现，使我和季的故事没有走过那个冬天。那天季正陪我们这些准备参加比赛的青年教师练乒乓球，季的妻子到校来叫季回家吃饭。她没有多说什么，只是微笑地站在那儿，目光平静而柔和地注视着季，耐心地等着他打完最后一轮。她的那份宁静与从容以及和季一起离开时的和谐与融洽，很轻易地粉碎了我那个朦胧而飘忽的梦想。我开始感到慌乱与难堪，一种悲哀随即涌上心头。直到此时，我才真切地意识到一蔬一饭足以使两个人的感情天长地久，在外人看起来即使不是爱情，也比任何爱情都显得强大有力。我终于明白自己原来那份自以为是的爱恋只不过是小女孩儿的天真任性，而季，其实是早已明了结果的，他只是在以自己的冷静、宽容和坚忍，默默地等着我长大。我的眼泪夺眶而出，我仿佛看见那个曾经美丽的梦此时正化作片片飞蝶随风而逝。

年轻的心迟早会长大，有时甚至是在一瞬间。

爱是一种成熟的冷静，而不是一时的狂热崇拜。宽容与坚忍才是爱情的品格，年轻心灵的悸动经不起时间的考验，朦胧飘忽的情感也不能持久，真正的爱虽如一蔬一饭那般平淡，却强大有力、牢不可破。

爱情是个永远也说不清的话题，尤其在电影里，显得更为突出。反映爱情的影片往往都有这样一个情节：一对相恋中的男女，因为一点误会，女人就不理会男人，随着误会的消失，男人开始向女人忏悔，来使女人回心转意……

美丽的故事往往很短

那时候已是夏天了，夏天这个季节很浪漫，可我的心情却低落到了极点，确切地说，我让琳给甩了。

那阵子，琳和我正爱得如痴如醉，毫不夸张地说，琳是一个很不错的女孩儿，长相很清纯，很秀美，我更看重她那多愁善感的性格，我固执地认为，爱伤感的女孩儿，感情一定很细腻。

我和琳常常去看电影，票几乎都是琳买的，她先买好票，然后找我一起去看。时间久了，我发现琳和我看过的电影，大都是爱情片。在我的印象中，有喜剧，有悲剧，还有说不上是喜剧还是悲剧的电影。琳都看得如痴如醉，一会儿落着泪，一会儿又含着笑，弄得我不知如何是好。

爱情是个永远也说不清的话题，尤其在电影里，显得更为突出。反映爱情的影片往往都有这样一个情节：一对相恋中的男女，因为一点误会，女人就不理会男人，随着误会的消失，男人开始向女人忏悔，来使女人回心转意……看到这样的情节琳就很兴奋说：“这样的故事很美，女人越不理男人，男人心中就越慌，男人越慌，女人心里就越甜……”琳在我耳边说了一通之后又问我：“你说是不是？”其实我很讨厌这样的男人，十足的软包蛋。可我又不能当面扫她的兴，只好附和说：“你说得很对。”她听后就依偎在我的怀里，笑得很甜。

有一天，我去琳的单位找她，想告诉她，今晚我请她看电影。我直奔她的办公室。

推开门的那一瞬间，我惊呆了，我看见琳正和一个男孩儿拥在一起，琳见我时，很是慌乱，那个男孩儿很知趣地把脸转了过去。

我的脑袋几乎要炸了，二话没说，转身走了出来。紧接着琳在后面喊我：“你听我解释呀！”

“这是件什么事儿啊，用不着再解释了！”我骂了句，很是恼火，也没心思再理她，就匆匆地走了。

在那个夏天，我的心情低落到了极点，感情上受伤的男人或许更需要一种安慰和解脱，于是我想到了曾多次来信让我到南方工作的舅舅。

第二天，我匆匆地乘上南去的列车，离开了这个让我最伤心的小城。

一年后，我要结婚了，那个女孩儿是舅舅公司中的一名职员。夏天里那段曾让我伤心的日子我已慢慢地淡忘。

为准备结婚的一些事宜，我又回到了这个小城。回到家，母亲对我说，在我走了以后，琳常常来打听我的消息。

母亲还告诉我说："后来琳说，她和你之间有个误会，那次她让一个女同事装扮成一个男孩儿，和她拥在一起，琳还说，其实在你走进她单位大门时，她就看见你了，就故意想了这个法子逗你玩儿，目的就是想看看你的度量……"

我听后，惊得张大了嘴，脑子里飞快地转着和琳在一起的情景，难道她想学电影里的情节也让我对她产生误会，然后让我再向她忏悔？我一下子想起了那晚看电影时她说的话，和她依在我怀里幸福的样子。

我有些慌了，立刻拨通了琳的单位的电话。不久，我又和琳见面了，她瘦了很多，从她的眼神里，凭着感觉，我知道我误会她了。

我有些发抖了。"琳，你干吗要这样呢？"我说，"你这个游戏，把我的心伤透了，为了弥补这份空缺的感情，我匆匆地又和一个女孩儿订了婚。"

"这些我知道了。"琳却很平静，苦笑了一下说，"其实，那时我只是希望我们的世界里，就像有些电影里那样，也拥有一个美丽的故事。"琳说着望了我一眼，两眼红红地补充道："真

没想到，现实生活中，美丽的故事往往很短……”

我的心像针刺般难受。

“幻想和一切兴奋剂，当时固然给你短暂的麻醉，但过后要你偿还倍加的惆怅。”我们不要沉醉于虚幻，只有认识到现实，丢掉我们的幻想，才能获得应对日常生活的力量，要知道，幻想和现实可是两回事。

他们的爱情真的走到了无法收拾的地步。我从他们激烈的争吵里，听出是她喜欢上另外一个男人，那个男人，恰恰是他的朋友，最好的朋友。

你喜欢的，我不喜欢

他们两个人一起来看我出租的房子，她一眼就相中了朝阳的落地窗；他却看了看斑驳的墙壁，微微皱了皱眉头。其实这间小屋还有许多的缺点，我好心地劝道："要不你们去其他房子里看看，再做决定。"女孩儿立刻抢着说道："不必了，就这间了！"他亦轻柔回复："既然女友喜欢，我们就要这间吧。"

他们自此就成了我的房客，当然，也是邻居。因为他们，我的生活一下子变得丰富多彩起来。我喜欢看他们下班后在小小的庭院里摆弄那些花草，他们用淘米水将我的花养得几乎是得了魂魄般灵动非凡，然后他们便坐在一旁，说着闲话。他们聊天的时候总会带些争吵，但每次他都会在身后环拥住她，哄道："宝贝，只要你喜欢，我就喜欢。”我发现这是一句屡试不爽的话，或许爱情就是如此，只要一方主动妥协，什么矛盾都可以解决！女孩儿总是在这句话里，骄傲地昂起下巴，将饱满的额头抵住他温柔的下颌。

他其实是个很有主见的男人，在公司里做着类似主管的位置，有下属打电话来的时候，他总是一副干练又自信的模样，几句话就将对方的难题解决了。但在她的身边，他却是每每都将自己的意见咽回去，而后给她的任性和霸道一个宽容的微笑。我那时候还是个没人来爱的单身，不怎么了解爱情，但每每看见他那样小心翼翼地哄着她说：“只要你喜欢，我就喜欢。”我还是很想走过去问他一句：“真的是这样吗？”

看得出他是个喜欢安静的男人，屡次向我抱怨窗户的隔音效果不好，晚上常常失眠。我笑道：“那你们还频繁地在晚上搞什么聚会，声音震耳欲聋的，到那么晚就不怕失眠了吗？”他不好意思地笑笑，慢慢说道：“其实，我是丝毫不喜欢这些聚会的，只是女友喜欢，所以只好……”“只好一忍再忍，甚至牺牲自己的健康，对吗？”我淡淡笑道。他低下头不再言语，但我终于没有忍住，还是有些尖刻地丢给他一句：“你会连爱情也牺牲掉的。”

他以后很奇怪地对我冷漠起来，不再向我发牢骚，但我明显地觉出，其实他的烦恼是越来越多了。女孩儿的分贝亦是一路向高处走，我有时候需要愤怒地敲他们的门，才能让他们的争吵停下来。都是些不值一提的小事，但她却非要分出个胜负，非要他先停下来，说自己错了，才肯罢休。她已经习惯他的隐忍和退让了，他的心，毫无保留地全交给了她，甚至现在他想要索回自己的那一半，都不可能。爱情的力量真是可怕，我想。

他们的爱情真的走到了无法收拾的地步。我从他们激烈的争吵里，听出是她喜欢上另外一个男人，那个男人，恰恰是他的朋友，最好的朋友。他疯了似的一遍遍责问她：“为什么？！”她被逼得没法，只用了几句话就将他的话全部堵住了。她说：“你说过的，只要我喜欢，你就喜欢；那我也可以转说给你听，只要你喜欢我就喜欢，你喜欢你这个朋友，那么，我为什么不可以喜欢？”说完她就转身走掉了，留给他一个空洞洞的房子，她曾喜欢至极的房子。其实他是什么也没有了，因为，这间盛满了他对她的爱的房子，他原本也是不喜欢的。

他来找我，说要换房，改租我旁边那间几乎没有任何噪音的小隔间。我笑道：“你不是挺喜欢这间朝阳的吗？”他冷冷道：“那是她的选择，她喜欢的，我从来都不喜欢。”我又笑：“那为什么不早告诉她？到如今什么都没有了，再来说这些有什么用？”他惊愕地抬头看我，像看一个可以解读未来的幽灵，而后什么也没说，慢慢弯下身去，用双手抱住了头。他哭了。这个男人，早就丢掉了自己的心，可是到现在，他才发觉。

可是，她喜欢上了另外的男人，你这才寻到机会告诉她，你

喜欢的我不喜欢，那已经晚了，不是吗？我们在爱上某个人的时候，就应该明白无误又勇敢地让对方知道："你喜欢的，我不喜欢。"真爱，是不能牺牲掉这句话的，否则，你最终牺牲掉的，将不只是爱情。

爱情生活的甜美和谐，要靠两个人用心的经营和创造。如果当爱成为一种负担，当爱没有了尊严，当你只会讨好、奉承和迁就对方，那么爱就变得卑微。爱得卑微，便失掉了自己的心，那你最终牺牲掉的，将不只是爱情！

握住媚玲珑的右手，我仿佛握住的不仅是爱情，还有一生的幸福，我也分明看见媚的眼里闪烁着兴奋的泪花。早先的想法已荡然无存，我带着快乐和幸福的心情走进校园，那时已是华灯初上了。

青草戒指

那是一种郊外常见的野草，叶子狭长又有些柔软。就是这样一种野草喂养了我的初恋，但我至今仍不知道它的名字，如果有的话一定是一个既好听又浪漫的名字，就如有个女孩儿叫媚一样悦耳。

媚是那种多愁善感的女孩儿，在我们最初相识的日子里，我常对媚弱不禁风的样子不以为意，总以为有这样的女孩儿做朋友是一种快乐，而做恋人不一定是幸福。但后来媚不仅给了我快乐，还给了我刻骨铭心的爱情。

那天没有雪、没有雨，同样也没有灿烂的阳光，当我和媚坐在一片草地上西望时，太阳已跌进远处的山里了。可我们谁也没有要回去的意思，看着媚若有所思的样子，我不忍去打乱她的思绪，就随手从身边扯了一根野草，是那种叶子狭长又有些柔软的野草，在手指上裹了一个圈，我别出心裁地编了一枚青草戒指，还在上面镶了一朵花。这时，有一个声音仿佛从远远的地方传来：“豆子，你能把它戴在我的手上吗？”媚的语调既轻又柔，如她的名字。我想不到媚会提出这样的要求，但我仍被眼前这个弱不禁风的女孩儿深深感动了，要知道除了几本必修书和一支笨拙但从不曾枯竭的笔，我几乎是一无所有。握住媚玲珑的右手，我仿佛握住的不仅是爱情，还有一生的幸福，我也分明看见媚的眼里闪烁着兴奋的泪花。早先的想法已荡然无存，我带着快乐和幸福的心情走进校园，那时已是华灯初上了。

那夜我第一次为爱情而失眠，从给媚戴上那枚青草戒指起，我就不再是媚普通的朋友了。媚把一生的幸福都押在了一枚青草戒指上，这样做对媚是一种不公平。于是我暗暗发誓要把媚寄托在我身上的种种愿望兑现。

毕业后，我放弃了已分配好的工作，告别了媚，只身去了南方，我没有忘记当初自己立下的誓言。在南方我拼命地挣钱，三年后，当我怀揣一沓钞票从南方回来，掏出那枚沉甸甸的金戒指要给媚戴上时，媚却像一个孩子似的哭了：“你以为金戒指可以升华我们的爱情吗？你错了。”说着，媚从桌柜里取出一个用红绸布包裹的小盒子，一层层地剥开，盒子里是那枚青草戒指，上面的花早已枯萎，青草也不如先前翠艳，捧着它，媚轻声说：“只有这才是我一生最精美最珍贵的首饰啊！这些年我一直舍不得戴它，因为我深深地珍惜这份缘和相知相伴的这份感觉。”

我望着媚手里那枚贫穷中的爱情信物，突然间那些靠金钱膨胀起来的兴奋和骄傲，如一个个五彩缤纷的肥皂泡，被风吹得漫天飞舞，在落地时又一个个地破碎了，只有那枚青草戒指和上面的那朵花在我眼前真实地存在。

爱情之所以可贵，是因为它不可替代。爱情之中最值得珍惜的是两个人之间的缘分与相知相伴的感觉。那些只看重物质的爱情永远是那么粗俗与卑微。

“我一直偷偷地养着它，如果孩子们看见，就该把它毁了，”他乐滋滋地说，“我知道你喜欢花椰菜。”

银婚礼物

我不止一次想象过我们的银婚典礼：在一个用鲜花装饰着的白色帐篷里，有一个 6 人管弦乐队；几百个客人拥挤在帐篷内外，丈夫和我交换着钻石手镯；乐队奏起乐曲，我们俩摇摇摆摆地跳着舞，然后，爬上游船，打开香槟酒，泪水涟涟的儿女们在码头上向我们挥手……

而实际情况是，孩子们把两个汉堡包和几个热狗扔在烤架上，扔得乱七八糟的食物等着我们去收拾，桌子上是我们互赠的礼物：一件看起来什么人都能穿的浴衣，一瓶带喷嘴的淋浴剂。

25 年了。我时时感到，我和丈夫几乎成了一个人：思想、经历、观点和处理事情的办法已经完全融为一体。

有时我会奇怪，在这25年间，我究竟都为他做了些什么，而他又做了什么，让我们互相不能割舍。他不是个兴趣广泛的人，只是偶尔和不多的好友一起散散步，钓钓鱼；我也并不是个脾气温顺的女人，每一个或者两个星期中都要有一次把蔬菜扔在他身上，怒气冲冲地告诉他，我不喜欢总吃同样的食物。现在，我第一次想到，他是否知道我有什么烦恼，是否想过什么办法为我解忧？

丈夫从烤架上拿起最后一个汉堡包，问我想不想吃。

“你知道，理查德给利丝买了一枚贵重的钻戒，利丝给他买了一件长的毛皮大衣。”我说。

“住这么热的地方，毛皮大衣有什么用？”他笑着回答。

他开始收拾东西。我看着他。我们一起经历了2次经济危机，有过3次流产，住过5所房子，养育了3个孩子，用过9辆汽车，有23件家具，有过7次旅行，换过12种工作，共有19个银行存折和3张信用卡。我给他剪头发，掖好过33，488次右边的衬衣领子；我每次怀孕时，他就给我洗脚；有18，675次在我用完车后，他把车子停到它该停的地方。我们共用牙膏、橱柜，共有账单和亲戚，同时，我们也相互分享友情和信任……

难道这就是我们在 起生活了25年的一切？

他走过来，对我说：“我给你准备了一件礼物。”

“什么？”我惊喜地问。

“闭上你的眼睛。”

当我睁开眼睛时，只见他捧着一棵养在泡菜坛子里的花椰菜。

“我一直偷偷地养着它，孩子们看见，就该把它毁了，”他乐滋滋地说，“我知道你喜欢花椰菜。”

也许，爱情就藏在这些琐碎、简单的事情之中。

平平淡淡才是真，在平淡之中，我们知道对方的喜好，也知道了对方的脾气。我们渴望得到的便是我们正在经历的，生活中的每一个细节都会让我们感动与珍惜，因为那是我们爱的见证。

勃兰福特中尉当机立断，他的手抓紧那册用来让她辨认的《人类的束缚》。这不会是爱情，然而是可贵的东西，是他曾经感激过，而且必定永远感激的友谊。

约会

纽约中央火车站询问亭上的时钟告诉人们，现在是差六分钟六点。高个儿的青年中尉仰起他那被太阳晒得黝黑的脸，眯缝眼睛注视着这个时钟。他心跳得浑身颤动，再过六分钟，他就能见到那个13个月以来一直在他的生活中占有特殊地位的女子了。虽说他从未见过她一面，但她写来的文字却给了他无穷无尽的力量。

勃兰福特中尉尤其记得战斗最激烈的那一天，他的飞机被一群敌机团团围住了。

他在信里向她承认他时常感到害怕。就在这次战斗的头几天，他收到了她的复信："你当然会害怕，勇敢的人都会害怕的。下一次你怀疑自己的时候，我要你听着我向你朗诵的内容：对，纵使我走过死亡笼罩的幽谷，我也一点儿不害怕灾难，因为你同我在一起。”他记住了，这些话给了他新的力量。

现在他可要听到她本人的声音了。再过四分钟就六点了。

一个年轻姑娘擦肩而过，勃兰福特中尉心头一跳。她带着一朵花儿，不过那不是他们约定的红玫瑰。而且，她说过，她已经不年轻了！他想起他在训练营里读过的那本书：《人类的束缚》，整本书写满了女人的笔迹。他一直不相信，女人能这样温柔体贴地看透男人的心。她的名字就刻在藏书印记上：贺丽丝·梅妮尔。他弄到一个纽约市电话号码本，找到了她的住址。他写信给她，她复了信，翌日他就上船出国了，但是他们仍旧书信来往。

13个月里她都忠实地给他回信，没有接到他来信的时候，她还是写了来。现在呢，他相信了：他是爱她的，她也爱他。

但是她拒绝了他请她寄赠照片的要求，她说：“要是你对我的感情是真实的，我的相貌就无关紧要。要是你想象我长得漂亮，我就会总是摆脱不了你不过心存侥幸的感觉。我憎恶这种爱情。要是你想象我长得不好看（你得承认这是更有可能的），那么我会老是害怕，害怕你之所以不断给我写信，不过是因为你孤零零的，没有别的选择罢了。不，别要求我给你照片。我到纽约来的时候，你就会看到我，那时你再做决定吧。”再过一分钟就是六点了……猛吸一口香烟，勃兰福特中尉的心情更紧张了。

一个年轻女子正朝他走来。她高高的个儿，亭亭玉立，淡黄色的头发披在她的耳朵后边，她的眼睛像天空一样蓝，她的嘴唇和脸颊使她显得很文静。她身穿淡绿色衣服，活泼轻盈。他迎上前去，没注意到她并没有戴红玫瑰。看到他走来的时候，她唇上露出一丝挑逗的微笑。

“大兵，跟我争路走吗？”她喃喃地说。

他朝她再走近一步，就看到了贺丽丝·梅妮尔。

她几乎是站在这个姑娘正后边,是一个早已年过四十的妇女。她就快变白的头发卷在一顶残旧的帽子下面。她的身体长得过于丰满，一双肥厚的脚塞在低跟鞋里。但是，她戴着一朵红玫瑰。

绿衣姑娘快步走开了。勃兰福特中尉觉得好像被劈开两半似的，他追随那个姑娘的欲望有多么强烈呀！然而，对这个在精神上曾经真挚地陪伴和激励过他的妇女，他的向往又是何等的深沉。她就站在那儿。他看得出来，她苍白、丰腴的脸是温柔贤惠的，她灰色的眼睛里闪烁着温暖的光芒。勃兰福特中尉当机立断，他的手抓紧那册用来让她辨认的《人类的束缚》。这不会是爱情，然而是可贵的东西，是他曾经感激过，而且必定永远感激的友谊。

他挺直肩膀，行了个礼，把书伸到这个妇女面前，然而就在他说话的时候，他感到了失望的苦涩。

“我是约翰·勃兰福特中尉，你呢——你是贺丽丝·梅妮尔小姐吧。见到你，我很高兴。我——可以请你吃顿饭吗？”

她咧开嘴宽厚地笑了。“我不明白这都是搞的什么，孩子，”

她回答说，“穿绿衣裳的那个年轻小姐，她要求我把这朵红玫瑰别在衣服上。她还说，要是你请我同你到什么地方去，我就告诉你，她在街那边的饭店里等你。她说这多少是个考验。”

只在乎外貌的爱情会在考验中全军覆没，爱情在顷刻之间变得如此脆弱。爱情是两个相似的天性在无限的感觉中和谐地交融，并不依靠美貌或其他因素而存在或坚强。

这世间最凡俗的爱情大抵如此吧。他爱我，以自己的方式，隐忍而温暖，不张扬。他爱我，知道我不是完美无瑕，知道我的个性和弱点。可是我仍是他手里的宝，是他唯一的玫瑰。

这世间最凡俗的爱情

我总是对他不满意，认为他不够爱我，而且，连句动听的话都不会说。

他从来不说“我爱你”这三个字，即使爱得最热烈的时候，他也从来不叫我的名字，总是“哎，我说——”，“我说”就是我的名字了。下面就是他要说的事了，比如，他要一条毛裤穿；比如，他要一粒感冒药，语言没有任何感情温度。

我曾暗暗发誓，下一辈子再找爱人，一定找个浪漫多情的，一定找个叫我“亲爱的”的那种男人。

我在那天早晨大呼小叫，说自己又掉了好多头发，然后对着镜子梳头发，一边梳一边问：“你说我是不是老了？我怎么老掉头发呢？你看，我的眼角还有了鱼尾纹，你看，我的皮肤也不如以前细腻了。”其实我想得到他否定的答案，这样可以让我不再这么敏感这么痛苦了，可他说：“可不是嘛！你以为你是妖精千年不老啊，你的头发是不如以前好了，搞对象的时候一大把，又黑又亮的。”

“这个该死的！”我骂着，怒发冲冠地冲出来，然后说：“瞧你那老样儿，一个老男人！”

他再不还嘴了，看着自己的电视。

几天之后，他买了好多黑豆来，我说：“你这是干什么？”他说：“你熬粥吃吧，同事辛大姐说长头发，越吃头发越多。”

我心头一阵热，什么也没有说。

跟他商量去丽江旅游的事，我说：“据说那是最小资最温柔的一个浪漫宝地，我们去吧。”他说：“那块地方去的人太多了，有什么去头啊，咱俩得一万块钱，老家来信了，说咱家的老房子还要翻盖呢。”我听了就气，这个人太没有情调了，我们一起旅游的次数太少了，只在2000年去了一次苏州，还是跟他出差去的。他总是说旅游是最没有意思的事情，特别是跟着旅行社，简直是一帮人去打狼，走走停停，吃饭上厕所拍照，没什么意义。这样一说我也觉得索然，可是，他也太没有情调了。

几个月之后，他说：“你准备准备吧。”我说：“干什么啊？”“去丽江啊，有一个摄影队，不是跟团，你又爱臭美，让他们捎去吧，我工作忙就不去了，全是我哥儿们，你放心吧。”

我冲上去搂住他，他说：“别别，你刚吃了大蒜吧，我受不了。”

最近胃总是不舒服，我天天嚷，总说，疼啊疼。他回过头给我一句：“死不了。”我气疯了：“你怎么知道我死不了！”他说：“要是真疼早就去医院看了，嚷嚷就不疼了吗？奇怪。”

“你才奇怪，你知道关心人吗？我死了就让你打光棍儿！”

“可你死不了啊，我知道你死不了。”

我死不了也会让他气死。

我倒在床上委屈地哭。疼了还盼望我死，有这样的男人吗？

他根本不进来看我，还是看他的足球，没完没了的足球，什么贝克汉姆，什么超级联赛，我冲进客厅，关了电视：“你是不是特别盼望我死了娶二房呢？是不是？”

越闹越委屈，他看了我一眼，给我四个字：“无理取闹！”

我还无理取闹了？

三天后，他拿回一张单子，然后说：“明天早晨别吃别喝了，做胃镜去，我找了医院里最好的内科大夫，赵主任，做胃镜最好的大夫。”说完，不顾我发愣，走了。

“不去，”我嚷着，“听说会吓死人呢。”

“不去也得去，省得你天天嚷，好像得了胃癌似的，烦死你了。”

我到底去了，先喝一种麻醉剂，吐了，他再去买，再倒在床上，把一根半米长的黑管子插到了胃里，我疼到窒息，用手掐着他，他说：“没事。”

胃镜做完了，慢性胃炎，他又来了：“早知道你小题大做。”

他给我擦着眼泪：“还哭了？丢死人了。”下楼时，他却说：“来，背你吧。”早晨没吃饭，又做了胃镜，吓得半死，身体发飘，飘上他肩头，眼泪还在掉，他一边往下走一边唱：“背上有个小妹妹，脸贴着脸还嫌远啊……”真不是个东西！

到了外面，车胎坏了。风大，我懒得站在风中补车胎，进了门就嚷：“要买车了，不行，一定要买车！”他在旁边说：“打车多好，你车技那么差，一定会出事的。”看这个乌鸦嘴，车还没买，就注定我会出事！他继续说着，我脾气上来了：“我的事你少管！”走的时候却发现，他把自己自行车的钥匙放在了桌子上，我的车钥匙他拿走了。每次都是这样，只要车扎了胎，必是换车，他去补，不管多冷多热，站在那里和师傅聊天，等着。

我总以为他不够爱我，他不给我花钱，我每次抱怨他就说：“钱全在抽屉里，你随便花啊，我又不知买什么。”

他真的不知买什么。他们单位去南方玩，每个人都给媳妇买了东西，只有他没有，他说：“没用，全是旅游纪念品，放家里也是没用。”我发了几天脾气，后来发现，我买来的那些纪念品全送人了，放家里也是占地方。果然是没用。

他不浪漫，情人节不会送花给我，可每天提醒我吃药，别出去乱喝酒。

我说过一次对面的小肉包好吃，他下了班总买几个回来；我说爱喝五味斋的豆奶，他每个周末都跑老远给我打；我说他穿那件灰色的格子衬衣好看，他就老穿着，磨起了毛边还穿着……

这世间最凡俗的爱情大抵如此吧。他爱我，以自己的方式，隐忍而温暖，不张扬。他爱我，知道我不是完美无瑕，知道我的个性和弱点。可是我仍是他手里的宝，是他唯一的玫瑰。他是忧伤的小王子，于千朵万朵玫瑰中选择了我，所以他说："再苦再累你再难看，你还是我唯一的那朵。"

那是我听过的最美的情语。

柴米油盐酱醋茶，看似琐碎，却很温暖。世间凡俗的爱情大抵如此。男人爱女人，以自己的方式，隐忍而温暖，不张扬，是藏在心里的爱，一辈子的爱。爱情的花朵经过岁月的洗涤会越发娇艳和美丽。

在那块洁净的豆青色油布中央，有两个紧紧偎依在一起的淡紫色人形。

紫色人形

那时我在乡下医院当化验员。一天我到仓库去，想领一块新油布。

管库的老大妈把犄角旮旯翻了个底儿朝天，然后对我说：“你要的那种油布多年没人用了，库里已无存货。”

我失望地往外走，突然在旧物品当中，发现了一块油布。它被折叠得四四方方，从翘起的边缘处，可以看到一角豆青色的布面。

我惊讶地说：“这块油布正合适，就给我吧。”

老大妈毫不迟疑地说：“那可不行。”

我说：“是不是有人在我之前就预订了它？”

她好像陷入了回忆，有些恍惚地说：“那倒也不是……我没想到把它给翻出来了……当时我把它刷了，很难刷净……”

我打断她说：“就是有人用过也不要紧，反正我是用它铺工作台，只要油布没有窟窿就行。”

她说：“小姑娘你不要急。要是你听完了我给你讲的这块油布的故事，你还要用它去铺桌子，我就把它送给你。”

于是她给我慢慢讲了起来：

“我那时和你现在年纪差不多，在病房当护士，人人都夸我态度好，技术高。有一天，来了两个重度烧伤的病人，一男一女，准确地说是新婚夫妇。他们好了许多年，吃了很多苦，好不容易才盼到大喜的日子。没想到婚礼的当夜，一个恶人点燃了他们家的房檐。大火熊熊啊，把他们俩烧得像焦炭一样。我被派去护理他们，一间病房，两张病床，这边躺着男人，那边躺着女人。他们浑身漆黑，大量地渗液，好像血都被火焰烤成了水。医生只好将他们全身赤裸，抹上厚厚的紫草油，这是当时我们这儿治烧伤最好的办法。可水珠还是不断地外渗，布单刚换上几分钟就湿透了。但搬动他们焦黑的身子换床单，病人太痛苦了。医生不得不决定铺上油布。我不断地用棉花把油布上的紫色汁液吸走，尽量保持他们身下干燥。

“别的护士说：‘你可真倒霉，护理这样的病人，吃苦受累还是小事，他们在深夜呻吟起来，就像从烟囱中发出哭泣，多恐怖！’

“我说：‘他们紫黑色的身体，我已经看惯了。再说他们从不呻吟。’

“别人惊讶地说：‘这么危重的病情不呻吟，一定是他们的声带烧煳了。’

“我气愤地反驳说：‘他们的声带仿佛被上帝吻过，一点儿都没有灼伤。’

“别人不服：‘既然不呻吟，你怎么知道他们的嗓子没伤？’

“我说：‘他们唱歌啊！在夜深人静的时候，他们会彼此给对方唱我们听不懂的歌。’

“有一天半夜，男人的身体渗水特别多，都快漂浮起来了。我给他换了一块新的油布，喏，就是你刚才看到的这块。无论我多么轻柔，他还是发出了一声低沉的呻吟。换完油布后，男人不作声了。女人叹息着问：‘他是不是昏过去了？’我说：‘是的。’女人也呻吟了一声说：‘我们的脖子硬得像水泥管，转不了头。虽说床离得这么近，我也看不见他什么时候睡着什么时候醒。为了怕对方难过，我们从不呻吟，现在他呻吟了，说明我们就要死了。我很感谢您。我没有别的要求，只请你把我抱到他的床上去，我要和他在一起。’

“女人的声音真是极其动听，好像是吹响的笛子一样。

“我说：‘不行。病床那么窄，哪能睡下两个人？’她微笑着说：‘我们都烧焦了，占不了那么大的地方。’

“我轻轻地托起紫色的女人，她轻得像一片灰烬……”

老大妈眼睛有些湿润地说：“我的故事讲完了，你要看看这块油布吗？”

我小心翼翼地揭开这块油布，仿佛鉴赏一枚巨大的纪念邮票。由于年代久远，布面微微有些粘连，但我还是完整地摊开了它。

在那块洁净的豆青色油布中央，有两个紧紧偎依在一起的淡紫色人形。

在所有的力量中，爱情的力量最不受形势的阻拦，因为它只会自己毁灭，绝不会被别人的意见扭转打消。当爱情发言的时候，就像诸神的合唱，使整个天界陶醉于仙乐之中。两个人的互相吸引，是爱这个磁铁，不仅使他们的肉体紧紧相吸，也让他们的灵魂相偎依。

林德凝视着我，满眼都是怜爱。我突然想起了什么，问他："怎么突然来上海了啊？"他凝视着我："因为我想你，担心你。"这一刻，他这句话，让我感到一种别样的温暖。

有情饮水饱

如果没有参加室友张妮的婚礼，也许我和林德的恋爱依然波澜不惊。2002 年 5 月，中专毕业的我与张妮一起进入杭州一家服装公司做文秘后，一直同居一室。我比张妮漂亮，自然比她有更多的追求者，因此早早地坠入爱河，与在一家广告公司做业务员的林德相恋了。直到我和林德已经恋爱两年多了，张妮才告诉我，她也恋爱了。可谁能想到呀，她居然不声不响地钓上了一个"金龟婿"，男友是一个有钱的老板！

2005 年 3 月 8 日，张妮邀请我参加她的婚礼。那天，我才算真正见了大世面。张妮的婚宴摆在五星级的"太子轩"酒店，足足 50 桌，迎亲车队是一排崭新的宝马 550，喜堂布置得富丽堂皇。新娘张妮穿着一身洁白高雅的婚纱，挽着派头十足的新郎，站在门口迎宾，显得那么富贵；而我相比之下像一只小麻雀，黯淡无光……

身旁的小姐妹们一边羡慕地看着，一边七嘴八舌地议论：“她的老公在天香苑买了一套100多万元的复式楼，装修豪华，这人跟人就是没法比啊！张妮真是好福气！”听着，看着，我的心里尤其不是滋味。我反复问自己：眼前这个人就是要和我生活一辈子的人吗？他没钱，没房，只是个小小的业务员，天天东奔西跑，给人赔笑脸，找人套近乎拉广告，我们的生活就只能这样吗？看人家张妮，什么都不如我，现在却因为找了个有钱的老公，从此就过上了锦衣玉食的生活！我这么想着，竟然对着骑单车接我回家的林德冲口而出：“我不想再挨穷了！我不求一步登天成个富姐，至少可以要求过衣食无忧的生活吧？”林德的脸唰地白了，什么话也没说。

那天以后，林德绝口不提我说过的话，只是比以前更忙了，天天早出晚归，说是多跑点业务，多赚点钱。可即使是这样，他那点收入还是改变不了现状。我更加坚定了要和林德分手的决心，可是一想到林德对我的好，我又不忍心当面向他说出要分手的话。左思右想了好久，我终于决定到上海去发展。我相信，时间和空间的距离，会慢慢淡化林德对我的感情，这样他也容易接受。晚上，我把要去上海闯荡的决定告诉了林德。不出我所料，他极力反对，可我决心已定。

第二天一早，我拎起行李走向门口，背后传来林德蚊子一样的声音：“我送你去车站吧！”他接过我的行李，骑车送我去车站。一路上，我们都有点伤感，都没有说话。到了车站，林德拍了拍他的“宝马”，强颜欢笑地说：“以后我就不用天天给‘宝马’打气了，但这宝座我给你留着！”

到了上海，我天天都跑人才市场，最终幸运地被一家豪华夜总会聘为财务人员。

我心想，来这里消费的大多是有钱的成功人士，也许我能邂逅一个欣赏我的成功男人……可是上班不到一个月，我就失望了。我是做内勤的财务人员，很少能接近顾客；即使偶尔见到一两个大款，也是那种俗不可耐、色眼翻飞的家伙；而夜总会的老板娘是那么颐指气使，动辄把我们这些打工者骂得狗血淋头。这和我想象的生活差得太远了，有时下班回到宿舍，孤寂之中，我竟然有点怀念和林德在一起的那些穷日子了。

一天下午快下班时，女老板又训斥了我一顿，我正在生闷气，林德恰巧打来电话询问我的近况。一听到那熟悉的声音，我就再也忍不住倾诉的欲望，滔滔不绝地发了好大一通牢骚，林德听后只说了 3 个字：“等着我。”我一愣：他说这话是什么意思？可我还没来得及多想，老板就叫我忙别的事情了。

那天晚上 11 点多钟，我在出租屋又接到了林德的电话：“快开门！看看你门前是什么？”我纳闷地打开门，简直不敢相信自己的眼睛——林德就站在门外！老天，他不会接到我的电话后就动身了吧？长途车也得颠簸3个小时呢！林德一把抱住我，紧张地把我上下打量一番，才吐了一口长气：“气色还不错嘛！我还以为你骨瘦如柴，面如黄蜡呢！”

林德凝视着我，满眼都是怜爱。我突然想起了什么，问他：“怎么突然来上海了啊？”他凝视着我：“因为我想你，担心你。”这一刻，他这句话让我感到一种别样的温暖。林德没有请假，天不亮就得坐车回杭州。尽管如此，他仍提议夜游上海。我们漫无目的地在街头游逛，林德忽然站住了，顺着他的眼光，我看到路边的一家小摊。那是随处可见的卖鱼丸的小摊，守摊的是夫妻俩。女摊主用竹签扎起一个鱼丸，送到丈夫嘴边，含笑说：“累了一天，你也歇歇吧，我来服侍你！”丈夫张口咬下鱼丸，顺手也送一个到妻子嘴边。这对夫妻衣着寒酸，可笑容却是那么舒心，眼里的满足让人羡慕。原来，没有钱的感情也能这么幸福！林德紧紧地握了一下我的手，拉着我走过去，大声说：“老板，来一串鱼丸。”

吃过了鱼丸，我送林德来到汽车站。车子发动了，林德忽然从窗口探出头，往我手里塞了一样东西。车开出好远，我还依稀看到他向我挥手。我的眼睛有些湿润了，在路灯下摊开手，发现手心里躺着一把锃亮的钥匙。来上海时，我没有想过再回杭州，故意落下了“家”里的钥匙。现在，林德把钥匙给我干什么呢？

难道他认定我找不到那种自己想要的幸福，还是会回到他的身边？

林德回到杭州后，动不动就给我发手机短信，或者打电话询问我的近况。听着他在电话里对我的百般关切，联想到自己身处的困境，有几次我都差点掉下泪来。我拼命地想抵挡住他的温柔对我造成的“杀伤力”，拼命地想提高自己对那份感动的“免疫力”，可是没用，我还是无法克制那种想回杭州找林德的冲动。转眼冬天到了。由于心情不好，我接连做错了好几份财务报表，被老板“修理”得惨不忍睹。这里的员工都很势利，见我不被老板看好，没有一个人愿意接近我，我感到了一种深深的孤独。看着林德留下的钥匙，我思绪万千。明知道林德当时在山东出差，我还是不可抑制地回了一趟杭州，想看看我们曾经的“家”。

一下车，我一路朝“家”飞奔。推开门，一切都和我离开时一样，一点也没变。

好熟悉，好温暖的感觉！我的目光滑过窗前的电脑，想起以前我老是霸占着电脑上网，林德只得乖乖地去找点其他事情做，把厨房和卫生间打扫得一尘不染，把地板擦得锃亮。随后，我又看到了搭在床头的那条围巾，那是他去年冬天最冷的时候，冒着被同事们笑话的危险，买回毛线像女人一样为我编织的。当看到床上的那只热水袋，我的心更加难以平静了！我们的出租屋里没有空调，过去的两个冬天里，每当杭州的气温降到零下 2 摄氏度以下，我坐在电脑前上网的时候，他就总是往热水袋里灌满热水，搬把椅子坐在我的身后，从后面紧紧地抱着我，把热水袋贴在我的胸前，给我温暖。当我的手冻得没办法在键盘上敲字时，他还会把我的手拉进他的怀中，贴紧他的胸膛，直到暖热。那两个冬天，他简直就是我的空调呀……

最后，当我的目光落到了小书架上的一块黑黝黝的丑石上，我再也禁不住流下泪水。一年前，林德的单位组织出游，我却因为没有假期而错过与他同游的机会。林德临出发前极认真地问我想要什么，他可以给我捎回来。我满心不悦，不耐烦地说："带块石头回来！"谁知5天后，当晒成黑人的林德回到家时，打开整个行李袋，我发现除了日常用品，就是这块黑黝黝的大石头！他小心翼翼地把它捧到我的面前，说："我选好送你的，丑石，喜欢吗？"看到他肩上背包带勒出的红痕，想到他连我的一句气话都当真，我只能含泪点头……

如今再看到这块丑石，我突然记起和林德在一起看过的一篇短文。短文说的是丈夫出门远行，问妻子："要不要为你带回点什么？"妻子含泪说："棉花。"那是因为妻子心疼丈夫，不忍他受累……而林德为了我的一句玩笑，带回了世界上最重的礼物。它不仅仅是一块石头，那里面有林德对我最深沉的爱！抚摸着那块丑石，我的心中满是感动。我迫不及待地给林德发了一条短信："我回家了，因为我已找到了我的幸福。"晚上，我特意把丑石放到床上，抱着它美美地睡了一觉……

第二天一大早，我被一阵响动惊醒了，抬头一看，惊喜地发现林德出现在门口，正微笑着对我展开双臂：“欢迎回家！”我毫不犹豫地扑进他的怀里，对他说：“其实爱情和物质无关，因为有情饮水饱……”

爱是生活中点滴的关怀：它是你冷的时候给你温暖，热的时候送你清凉，开心的时候陪你开心，痛苦的时候给你慰藉；它是静静的等待，默默的守候，苦苦的思念，不远千里背回的石头。爱可浓可淡，可近可远，唯独与金钱无关。

会议进入自由发言环节，由于一种积聚已久连自己也无法说清的意念作祟吧，我碰了一下旁边的强：“琼十多年没再婚呢。”

永远的红手帕

琼是我们班上最漂亮最活泼的女生，自然就是我们的“班花”了。

那个星期六的晚上，我们全班在班主任的主持下，玩起了一个老游戏。在朦胧的月光下，全班同学来到操场上，面向内背向外地蹲成了一个大圈，然后先由一名女生围着外围慢跑，并在跑动中把一方手帕随意丢在某一个同学背后……

班主任让琼第一个出场。琼摸出一方粉红色手帕，在朦胧月光下，红裙飘逸，像个精灵般慢跑起来……可她跑完一整圈，却没“逮住”那受罚者，手帕也不见了踪影。琼也记不准丢在谁的背后。“怪了，谁捡了手帕，别恶作剧了！”除了班主任严厉的声音，操场上寂静极了，大家十分尴尬。

整个星期六晚上强都没睡——他在昏暗的宿舍里一直写到早上。第二天一整天，他都显得心神不定，见着我时竟像个乡下姑娘似的羞红着脸，说起话来语无伦次结结巴巴。下了晚自习，他一把将我拉到操场边上。在黑暗中，他终于鼓足勇气：“班长，拜托了，你知道我不善交际……”喃，一封给琼的信！我照办了。

琼没看完信，只哧哧地笑笑，摇摇头，把信塞还给我：“请别管闲事，班长大人。”转瞬间这已成为40年前的事了。

如今琼和我们曾一起玩过丢手帕游戏的男女生们，都已成家立业，养儿育女，继而两鬓微白，步入了老年。

筹备已久的同学会是一次不寻常的聚会，主持人就是我。虽然老校长已经离世，但年轻校长、教导主任、特邀教师和我们几十位同窗，可谓济济一堂，确实显得十分隆重。

对这次同学会强显然非常重视。他穿一件灰色西服，系一条紫色领带，稀疏的头发修剪整齐，显得十分精神。他一坐到我旁边就兴奋地东张西望，似乎在寻觅什么。

琼坐在会场的右后角，她穿一件紫色休闲服，烫卷的发下那张略显苍老但风韵犹存的面庞，仍然能让人一下子想起40年前的“班花”风采。会议进入自由发言环节，由于一种积聚已久连自己也无法说清的意念作祟吧，我碰了一下旁边的强：“琼十多年没再婚呢。”“我知道……”“怎么样？拿出点儿勇气来，像个男子汉……”

他犹豫了一下，然后笨手笨脚地从兜里摸出一封信和一方粉红色的手帕。“班长。拜托了，你知道我不善交际……”我感动了，感动得像个孩子。于是我就像个孩子一样，怀着一种可以感动上帝的信心和冲动，激动地站了起来，向着整个会场大声地说：“同学们，这封信是40年前张强同学写给李琼同学的，这方手帕是40年前李琼同学丢给张强同学的，现在是物归原主的时候了……”

当我把信和手帕送到琼的面前时，她眼里噙满了泪水。她的眸子虽然有些昏暗，但却闪烁出一种黑宝石般的光芒——我看得出，那是一种幸福的光芒。

岁月可以改变人的容颜，却冲散不了那最纯真的爱恋。一封信和一方红手帕装着的爱在沉寂了40年后木讷如初，真诚依然，也因此比之前更显珍贵，它积淀后散发出的闪耀的光芒足以点亮最黯淡的双眸，震撼所有人的心房。

佛笑了笑：爱是因为相互欣赏而开始的，因为心动而相恋，因为互相离不开而结婚，但更重要的一点是需要宽容、谅解、习惯和适应才会携手一生。

佛祖的爱情箴言

石头问：我究竟该找个我爱的人做我的妻子，还是该找个爱我的人做我的妻子呢？

佛笑了笑：这个问题的答案其实就在你自己的心底。这些年来，能让你爱得死去活来、能让你感觉生活充实、能让你挺起胸不断往前走的人，是你爱的人，还是爱你的人呢？

石头也笑了：可是朋友们都劝我找个爱我的女孩做我的妻子。

佛说：真要是那样的话，你的一生就将从此注定碌碌无为！你是习惯在追逐爱情的过程中不断去完善自己的。你不再去追逐一个自己爱的人，你自我完善的脚步也就停下来了。

石头抢过了佛的话：那我要是追到了我爱的人呢？会不

会就……

佛说：因为她是你最爱的人，让她活得幸福和快乐被你视作是一生中最大的幸福，所以，你还会为了让她生活得更加幸福和快乐而不断努力。幸福和快乐是没有极限的，所以你的努力也将没有极限，绝不会停止。

石头说：那我活得岂不是很辛苦？

佛说：这么多年了，你觉得自己辛苦吗？

石头摇了摇头，又笑了：既然这样，那么是不是要善待一下爱我的人呢？

佛摇了摇头，说：你需要你爱的人善待你吗？

石头苦笑了一下：我想我不需要。

佛说：说说你的原因。

石头说：我对爱情的要求较为苛刻，那就是我不需要这里面夹杂着同情、夹杂着怜悯，我要求她是发自内心爱我的，同情、怜悯、宽容和忍让虽然也是一种爱，尽管也会给人带来某种意义上的幸福，但它们却是我深恶痛绝的。如果她对我的爱夹杂着这些，那么我宁愿她不要理睬我，又或者直接拒绝我的爱意，在我还来得及退出来的时候。因为感情是只能越陷越深的，绝望远比希望来得实在一些。绝望的痛是一时的，而希望的痛则是无限期的。

佛笑了：很好，你已经说出了答案！

石头问：为什么我以前爱着一个女孩时，她在我眼中是最美

丽的，而现在我爱着一个女孩，我却常常会发现有很多长得比她漂亮的女孩呢？

佛问：你敢肯定你是真的那么爱她？在这世界上你是爱她最深的人吗？

石头毫不犹豫地说：那当然！

佛说：恭喜。你对她的爱是成熟、理智、真诚而深切的。

石头有些惊讶：哦？

佛又继续说：她不是这世间最美的，甚至在你那么爱她的时候，你都清楚地知道这个事实。但你还是那么深切地爱着她，因为你爱的不只是她的青春靓丽，要知道韶华易逝，红颜易老，但你对她的爱恋已经超越了这些表面的东西，也就超越了岁月。你爱的是她整个人，主要是她的独一无二的内心。

石头忍不住说：是的，我的确很爱她的清纯善良，疼惜她的孩子气。

佛笑了笑：时间的任何考验对你的爱恋来说算不得什么。

石头问：为什么后来在一起的时候，两个人反倒没有了以前的那些激情，更多的是一种相互依赖？

佛说：那是因为你的心里已经在潜移默化中将爱情转变为了亲情。

石头摸了摸脑袋：亲情？

佛继续说：当爱情到了一定的程度的时候，是会在不知不觉中转变为亲情的。你会逐渐将她看作你生命中的一部分，这样你就会多了一些宽容和谅解。也只有亲情才是你从诞生伊始上天就安排好的，也是你别无选择的。所以你后来要做的，只能是去适应你的亲情。无论你出身多么高贵，你都要不讲任何条件地接受她，并且对她负责，对她好。

石头想了想，点头说道：的确是这样的。

佛笑了笑：爱是因为相互欣赏而开始的，因为心动而相恋，因为互相离不开而结婚，但更重要的一点是需要宽容、谅解、习惯和适应才会携手一生。

石头沉默了：原来爱情也是一种宿命。石头问：在这样的一个时代，这样的一个社会里，像我这样辛苦地去爱一个人，是否值得呢？

佛说：你自己认为呢？

石头想了想，无言以对。佛也沉默了一阵，终于他又开了口：路既然是自己选择的，就不能怨天尤人，你只能无怨无悔。

石头长吁了一口气，他懂了，他用坚定的目光看了佛一眼。

经营爱情，最重要的是宽容、谅解、习惯和适应。茫茫人海中找到你爱的那个人，会让你的生活充实；为了让对方幸福快乐，你会不断地努力以完善自己。

黑暗的长夜已经过去，产房窗外是那初升的朝阳，耳旁有孩子嘹亮的啼哭声，身边有丈夫温柔的陪伴，那幸福的感觉是怎样汹涌地向她袭卷过来啊！

夫妻

在待产室里呻吟的她，终于哭了起来。

心里好害怕，好后悔。

多希望这些不过是一场噩梦，梦醒了以后自己仍然像平日一样的自由，仍然在漫山遍野地游荡，做自己爱做的事。而不是像现在这样，被困在一张有着金属栏杆的床上，被排山倒海般的剧痛所折磨，怎样也不能停止，怎样也无法脱身。

她哭得很厉害，阵痛来袭时甚至喊叫了出来：

“我不要！我不要啊！”

是的，她不要这种命运，她不喜欢这种命运。

心里盼望这一切赶快过去，再没有下一次了，再也不要重复这种可怕的经验了。

孩子终于生下来了，在力竭后短暂的昏迷里，有人抱住了她，那温柔的拥抱是她所熟悉的。

是她的丈夫正在不断地低唤她，轻声安慰她，然后，突然之间，丈夫开始哭泣，并且在她耳边反复地说："再也不要生了！以后再也不要生了！"

自从相识以来，她从来没有看过丈夫哭，从来不知道，那样坚强的男子也会流泪。

可是，现在，那个一直为她遮风挡雨的男子竟然抱着她痛哭了起来，大滴大滴的热泪滴在她额上。

刹那之间，她忘却了一切的痛苦和惊惶，心中竟然充满了一种炽热的欢喜。

她的身体虽然像在烈日烤炙下寸寸龟裂的土地，但是，在那疼惜的泪水滴落之后，土地上霎时开出一大朵一大朵喜悦的花来。

黑暗的长夜已经过去，产房窗外是那初升的朝阳，耳旁有孩子嘹亮的啼哭声，身边有丈夫温柔的陪伴，那幸福的感觉是怎样汹涌地向她袭卷过来啊！

她发现，自己正在重复着一个意念，在心里，她正在反复地对自己说："我一定要，一定还要再为他生一个孩子。"

她果然这样做了，并且，无惧也无悔。

爱默生说过："有一种爱情，因为对真理与博爱感到关切，反而把个人放在一边，不断地暂缓实现个人的期望，因而情调转变了。这样的爱我觉得有一种庄严伟大的感觉。”

爱萦绕在心头，无论任何疼痛都可以在爱的作用下减轻。

因为爱，疼痛便轻缓了许多，而那庄严柔静的幸福之感，却在心中徐徐升起。

贝蒂再也不奢望着能够走出雪谷，两人紧紧依偎在一起，带着泪水也带着战栗地微笑，尽情享受着临别这个世界前的最后的温存。

化雪之爱

在落基山脉普利斯特里山谷附近，年轻英俊的橄榄球运动员卡罗吻着他心爱的未婚妻贝蒂，贝蒂含羞地依偎在卡罗胸前，什么也没说，她早已沉醉在诗一般甜蜜浪漫的幻想中了。卡罗和贝蒂情意绵绵了一会儿，然后开始滑雪。但是很快两个人就迷了路，闯入一块也许从来就没有人到过的雪域。

这已是迷路的第二天。一阵凛冽的寒风推搡着贝蒂单薄的身躯，卡罗赶忙扶住她。他把贝蒂抱到附近一个积雪半掩的山洞里，用从雪野上拾来的为数不多的树枝为贝蒂燃起了一堆生命之火。然后卡罗转身去外面弄吃的。但他两手空空地回来了，在这样一个寒冷荒芜的地方，哪儿来的食物呢？

就这样，两人在饥寒交迫的痛苦中熬了一日，贝蒂已变得极度虚弱。第三天上午，仍不肯放弃希望的卡罗又两手空空地回到了山洞，他脸色苍白，脚步踉跄，左臂不见了，只剩下血淋淋的残缺的袖管。贝蒂搂着心爱的恋人哭着询问，原来卡罗的胳膊被一只觅食的棕熊残忍地咬掉了。

贝蒂再也不奢望着能够走出雪谷，两人紧紧依偎在一起，带着泪水也带着战栗地微笑，尽情享受着临别这个世界前的最后的温存。

夜幕降临了，贝蒂沉沉入睡，次日早晨醒来时，却发现火堆上放着一块烤肉。

“我夜里逮到了一只冻僵的野兔。”卡罗神情疲惫地说。

贝蒂于是狼吞虎咽地吃起来，卡罗却没有吃，他说早已吃饱了。贝蒂于是留了将近一半烧得漆黑的烤肉，准备在两人最需要的时候吃。然而，卡罗因为昨日失血过多，加上这几天体力消耗太大，终于倒在了落基山的雪地上，再也没有站起来。

贝蒂是在卡罗去世后的第五天下午被搜索小组救出的。那时，她已两眼呆滞，形容枯槁。在萨斯卡通红十字医院的病房里，当一个教授想了解贝蒂何以在满地冰雪的绝境里坚持了这么久时，贝蒂说：“是爱，还有这个！”她拿出了她保存下来的一小半截烤肉。

“这是人的肉啊！”教授凝视了一会儿那小半截烤肉后大叫，

“这是人的左臂！”

贝蒂的脸色霎时苍白无比，她又想起了落基山上晶莹的雪，想起了男友卡罗痛苦的微笑和血淋淋的臂膀。她似乎看见了卡罗在锋锐的岩石上自戕的惨烈场面，她明白了，一切都明白了！

贝蒂把卡罗送给她的那枚蓝宝石订婚戒指紧紧地捂在胸口，然后失声痛哭起来……

贝蒂后来嫁给了辛普森堡一位富有的商人，不过两年后就离了婚。那富商不喜欢贝蒂，原因是她半夜老做噩梦，并且喃喃地呼唤着卡罗的名字。

在这个一切都速食的时代里，在这个连“我爱你”都可以成为病毒的时代里，面对这样的化雪之爱，除了感动，我们还能说些什么呢？真正的爱不求回报，只想着对对方好，真正的爱，即使不说出口，也会从点滴中感受得到。

后来，全国闹饥荒，他们同样穷得揭不开锅，最后只剩下一点点面了，做了一碗汤面。他舍不得吃，让她吃；她舍不得吃，让他吃！三天后，那碗汤面发霉了。当时，他 42 岁，她 40 岁。

经典爱情

一天，一个男孩对一个女孩说：“如果我只有一碗粥，我会把一半给我的母亲，另一半给你。”小女孩喜欢上了小男孩。那一年他 12 岁，她 10 岁。

过了 10 年，他们村子被洪水淹没了，他不停地救人，有老人，有孩子，有认识的，有不认识的，唯独没有亲自去救她。当她被别人救出后，有人问他：“你既然爱她，为什么不救她？”他轻轻地说：“正是因为我爱她，我才先去救别人。她死了，我也不会独活。”于是他们在那一年结了婚。那一年他 22 岁，她 20 岁。

后来，全国闹饥荒，他们同样穷得揭不开锅，最后只剩下一点点面了，做了一碗汤面。他舍不得吃，让她吃；她舍不得吃，让他吃！三天后，那碗汤面发霉了。当时，他 42 岁，她 40 岁。

因为祖父曾是地主，他受到了批斗。在那段年月里，“组织”让她“划清界限、分清是非”，她说：“我不知道谁是人民内部的敌人，但是我知道，他是好人，他爱我，我也爱他，这就足够了！”于是，她陪着挨批、挂牌游行。夫妻二人在苦难的岁月里接受了相同的命运！那一年，他 52 岁，她 50 岁！

许多年过去了，他和她为了锻炼身体一起学习气功。这时他们搬到了城里，每天早上乘公共汽车去市中心的公园，当一个青年人给他们让座时，他们都不愿自己坐下而让对方站着。于是两人靠在一起手里抓着扶手，脸上都带着满足的微笑，车上的人竟不由自主地全都站了起来。那一年，他 72 岁，她 70 岁。

她说：“10 年后如果我们都已死了，我一定变成他，他一定变成我，然后他再来喝我送他的半碗粥！”

70 年的风尘岁月，这就是爱情。

爱情是热诚的崇拜，完全的信赖，是灵魂的完美奇妙的结合。真正的爱情是一种纯洁的心灵的奉献，它有一种至高无上的美。

屋外，一个银色的世界。厚厚的积雪掩去了暴露于世的污垢，留下一片洁净，感觉像是进入了天国。他们走在积雪上，咯吱声响由脚下泛起，热烈而欢快，伴随着他们行进的步伐。

难得的礼物

雪后的一个冬日。生活在美国新泽西的刘先生和女友一起去超市。这是情人节的前夕，他们都想买点什么送给对方。

他们穿梭于排排货架间，在一只小白熊面前他们停住了。对情人节来说，这可是个难得的好礼物。小熊洁白的毛不正象征着爱情的纯洁与永恒吗？顽皮逗人的神情又意味着爱情的欢欣和快乐。刘先生选它作为送给她的礼物。

付款时，他从口袋里掏出一大把硬币，并开始整理起来。

“嘿，整理它干什么，一把付给她就是了。”女友说。

“给人方便嘛。”他半开着玩笑。

“哼。”她不以为然。

屋外，一个银色的世界。厚厚的积雪掩去了暴露于世的污垢，留下一片洁净，感觉像是进入了天国。他们走在积雪上，咯吱声响由脚下泛起，热烈而欢快，伴随着他们行进的步伐。

刚才的那一幕却还萦绕在刘先生的心头。这使他想起一件旧事……

五岁那年，妈妈开始教他学中文。汉字的读和认并不难，没过多久他就能读认好多汉字了。

但是他怎么也没能掌握写好它的技巧。他写的字不是上下脱节就是左右分家，很难合到一块儿去。一天妈妈让他抄一首唐诗，他把“相”写成了“木目”，“难”写成了“又佳”。所有的结构都互不相让，各自为政。

“你知道为什么会这样？因为你写字时从不想着其他的部分。写汉字的原则是要时时想着它的邻居。就像写这个‘相’字吧，你写‘木’字时就不能把右脚伸得太长，因为它还有个邻居。”妈妈一边在纸上示范一边讲着这样的道理，“‘凡事替他人想’，这是我们中华民族的美德，写汉字也是同样的道理。”

他学会了写汉字，更学会了如何去做一个真正的中国人。

刘先生把这个故事告诉了手里摆弄着那只小白熊的女友。

故事说完了。他们陷入一阵沉默。忽然，她停下脚步，无限深情地望着他，双手慢慢举起那只小白熊贴到他脸上。

“谢谢你。谢谢你肯站在我的角度来考虑问题，谢谢你凡事都为我考虑。”她柔声说道，“这是我所得到的最好的情人节礼物，我永远不会忘记这次情人节。”

人与人的相处是一个终生的课题，要想能够与人和谐相处，就需要站在对方的角度来看待事情，找到一个两人的平衡点，这样才能够更好地与人交往。

我得不到真正的爱情，就是因为我有一张美丽的脸。可是这不公平呀，于是我天真地相信迟早会有那么一天，会有一个爱我这个人本身胜过爱我美貌的人与我相遇，将他朴实无华的爱情赠予我。

青铜锁，情同锁

我再没有去过那个博物馆，但是我永远记住了那一把青铜铸就的锁头。它躺在红色丝绒布上，锈迹斑驳，却是宠辱不惊。隔着冰冷的玻璃，我屏息凝望，仿佛自己正翻身跌入远古的时光中：男子赠女子以青铜之锁。青铜锁——情同锁，他们的爱情从此有青铜锁牢牢锁定，我还看见了那女子脸上满溢的幸福。因为简单，因为沉重，这把锁在我的心中呈现出完美的样子。然而我却不敢奢望有谁会赠我以那样朴素原始的爱情，所以当林秋把一条嵌钻的金链子送我当礼物时，我微笑着彬彬有礼地接受了。

我得不到真正的爱情，就是因为我有一张美丽的脸。可是这不公平呀，于是我天真地相信迟早会有那么一天，会有一个爱我

这个人本身胜过爱我美貌的人与我相遇，将他朴实无华的爱情赠予我。那时，我会以一当十地加倍赠还。所以，我等待着，不肯辜负冥冥之中那个有缘人。我宁肯舍弃被人金屋藏娇的机会，而甘愿在这个小小岗位上兢兢业业。我以为，凭着这样一份虔诚，上苍会感动以至垂怜给我哪怕菲薄如丝的一缕福祉。可是，我渐渐发现，我错了。

那个人迟迟不来，或者，根本就没有那样一种可能。我25岁了。现在，十七八岁的女孩子就已经在社会上左右逢源，25岁，已经太老了。当我在某天清晨无意中梳落了一根白发时，我知道，我应该听妈妈的话，找一个差不多的男人结婚了。

我与林秋相识两年了，他是公司老总，而我只是材料室一个小小的打字员，平凡一如草芥。

林秋追求我的方式很简单，鲜花攻势。那么有钱的人，每天一打玫瑰。有空的时候，他开车带我到海边咖啡厅喝咖啡。因为他的身份，我的身份，因为找份工作不容易，因为我怕被炒鱿鱼，所以，我一次次地委曲求全。我并不喜欢喝咖啡，却要强装欢颜。我觉得自尊被践踏，很不快乐。

但是平心而论，林秋并不是一个令人讨厌的人。他比我大3岁，模样很俊朗，有点不苟言笑。他跟别人多少有些不同，从不赞扬我的美丽，也不说“我爱你”。和他在一起我们常常是冷清沉默的，倒还安静。也许，是因为这个缘故，我才忍耐着与他交往了两年。

夜里，我常常失眠，已经放弃了服药，倒是听听那种深夜的广播，听听茫茫人海中与自己无关的世态炎凉，心绪能平静些。啊，我不过是人海中一个小泡泡，我的悲喜又有什么了不起呢？那一夜，听到一个男孩子打热线电话，他讲的却不是苦恼。他说他25岁，终于有了一间自己的小店，今天开业了，由于高兴，晚上都睡不着，所以打个电话，请所有失眠的朋友分享他的快乐。末了，他附上电话号码，说："有事儿您说话。"

本是一则机智的小广告，然而我被他的快乐吸引，竟记下了那个号码，忍不住打过去。当他的声音响在耳边时，我却一句话也说不出来了。他静静等着，温柔地说："朋友，您打电话不就是要说话吗？有什么事儿您只管说，如果我能帮助您，我会尽力的。"

我听着这样侠肝义胆的话语，我的眼泪不知不觉流了下来。我说："我想讲一讲自己的事儿，你愿意听吗？"

也许，很多很多时候，喜欢或爱上一个人，并不是因为他做了什么，说了什么，或表示了什么，而只是，他肯静静地听你诉说。

他的名字叫万辉，在那个春天以后，我们见了面，是他主动相邀的。他说："既然你不爱那个人，那么你离开他，别担心他炒你鱿鱼。如果你不嫌弃，我这儿正好缺个帮手。而且，我这个人其实挺可爱的，见面你就知道了。我也挺希望你给我一个机会，我还没有女朋友……"他喜欢我！这是我听过的最动人的话。他并没有见过我，我也没有告诉过他我的长相，但是，他却说出了这朴实的承诺。那么，是不是我的命运出现了转机，我终于遇到爱我这个人胜过爱我的美貌的男人了！见了面，我惊异于万辉竟是这样一个仪表堂堂的年轻人。虽然他穿着简单的白衬衫牛仔裤，一点也不富贵荣华，但那种雪域高原般的青春气息立刻吸引了我。因此当他牵我的手时，我没有拒绝。回到公司，我将那条冰凉的金链子还给了林秋。我说：“我要离开你。”“为什么？”林秋惊愕地说，他的手轻轻地抖，再也掩饰不了深沉，“从容，我做错了什么？”

“不，是我终于找到了正确的选择。”“那，你一直不爱我？”林秋颤声问。我看着他英俊的脸，我不能昧着良心说话。似乎，有那么一段时间，确切地说是那段时间中的几个分秒，我对他，有过那么一点点的好感。我只好低下了头，说：“别逼我说实话。”他愤怒地举起手。我闭上眼睛等他巴掌落下来。许久，我看到他跌坐在沙发里。他颓然说：“你走吧。”

我便去到万辉的小店帮忙。生意不是特别好，但平平淡淡，一切都还过得去。我们很快乐。每天中午我们自己做饭吃。没有馅的阳春面，一人一大碗，却比赛似的吃得那么香甜，幸福如在梦境。

是那一场大火，毁掉了我的梦。那天，整个商业街起了火。等我和万辉往外逃时，火势已经汹涌起来。他拉着我，奋力往外跑，在那个路口，一根柱子倒塌了。

我昏迷了好久，醒来时，眼前一片漆黑。

我并没有瞎，只是眉骨骨折，缠着厚厚的纱布。从此，我光洁的额头上留下了蚯蚓一样的伤疤。我不再美丽。

我心里未尝不是难过的。但因为我有万辉，他爱的是我的人而非我的脸，我稍觉安慰，便和他商量结婚的事。

结果，我听见万辉这样说："从容，你知道我父母挺古板的，虽然我自己不在乎什么，他们却喜欢漂亮的媳妇。"

我只觉轰然之间天塌地陷，强忍着眩晕，试图再做努力："万辉，可是我们是相爱的呀。""爱情也不是生活的全部。"

爱情也不是生活的全部。哈，这句话多有哲理呀。我笑着，愤然离去，痛到极处，反而不知怎么哭。我只是一直笑，一直笑，停不了。我还得生存。于是在朋友的帮助下，我开了个复印社。日子就像复印机里印出的文章，千篇一律。我也心如止水，万念俱灰。

这世上再没有人会爱我了。从前啊，想起从前……我无聊地把厚厚一沓文稿放到机器上，我靠这个支配多余的生命。

当我印到最后一页，那张纸上写着这样的字："我是林秋。你的事，我都知道了。不要紧，只要你什么时候觉得你有一点爱我了，我都在等着你。我不相信你从来都没爱过我。"我的眼泪流下来，转过身，我看见林秋正一步步走过来。他拉着我去博物馆：

“你一定喜欢那把青铜锁。”我们在那青铜锁面前站了整整一个上午。林秋说，几乎从有了这个博物馆时开始，他就常来看这把青铜锁。当那天，他看到一个女孩也在专注地凝视着那青铜锁时，他远远地看着那女孩，在冷清的博物馆里，他觉得她就是他的有缘人。

林秋把脸转向我。第一次，他一口气说了那么多话。他说爱情就如这把青铜锁，不仅要有烈焰，还要有冰雪；不仅要有甜蜜时的镂金刻彩，还要有坎坷中的摩挲雕琢，否则，淬炼不出青铜的美丽，也成就不了一世的情缘。

“真正的爱情是一种纯洁心灵的奉献，它应该有一种至高无上的美。”美貌转瞬即逝，真爱不会因为美貌而变得高尚，只会因彼此的坚贞与真诚才更夺目。忠诚是培养爱情的养料。爱情里面要是掺杂了和它本身无关的算计，那就不是真的爱情。

生活上没多大的变化，也没多大的挫折，一直平平稳稳的，也很平凡。不过，不知为什么，与你共乘一车的那三年，一直出现在我的记忆中，可以说是我生命中最珍贵的一段时光。

三小时，三十年

“我认识你已经有三十年了。”

静宜睁大眼睛疑惑地看着眼前对她说话的男人。

三天前，她才和他第一次见面，她还记得他相当有礼却有些腼腆地说：

“我叫李天鸿，是这次亚洲华商会议的总接待。会议期间有任何需要我……我……效劳的地方，一定尽量……尽……尽力而为。”

静宜见他才说几句话就已急得面红耳赤，不禁笑了起来。她心想，都这个年代了，居然还有一说话脸就红的男人，就特意打量了他一会儿。

他有着运动员一样健硕的身形，看人时，眼神仍保持一种婴儿似的纯真。他的脚呈内八字站着。以静宜阅人的敏锐和经验，他是个内向、可靠的人，应是个很好的幕僚人选，怎么会派他担任总接待的职务？

天鸿见静宜笑而不语，更加心慌，问：“有什么问题吗？”

静宜见他用非常认真的神色询问着，笑着摇摇头，径自进了会场。然而静宜隐隐感觉到，那灼热的眼神一直尾随在后。

会场内早已坐满了来自亚洲各地的商界巨子，静宜一进会场，自然吸引了众多的眼光。静宜心中明白，他们之所以注意她，乃因她是商场上少数冒出头的女性，何况有关她的传闻又特别多。对于那些捕风捉影的说法，静宜向来不予理会。十年辛苦经营，历经多少风风雨雨、挫折打击，静宜深深体会到女性创业的不易。不仅男性因担心女性抢走他的地盘而极力排斥，女性本身也会作践同类。成功的事业并非静宜唯一的选择，她也希望能有一位深爱她的男人；然而，她就是不得要领，无法两者兼得。因而经常面对割舍的痛苦，而割舍的又全是生命的一部分。毕竟世上能真诚接受成功女性作为伴侣的男性并不多见。

会议的主题全围绕着 21 世纪亚洲各地商家如何合作、如何应付新变局等问题打转。不知为何，静宜无法专注，完全不像以往出席会议时，精神奕奕，侃侃而谈，只是当有人问及她的意见时，她才应付几句。

会议最后一天，大家的行程是到东部新近开发的工业区参观。工业区内并没什么特别吸引人之处，反而是这里优美的湖光山色相当迷人。

晚饭时，大家看准了李天鸿的木讷与老实，全都故意捉弄他，一会儿要他唱歌，一会儿逼他喝酒。静宜见他几乎连一点招架的能力也没有，本想插嘴说几句，再一想，万一弄不好把自己拖下“水”，就更麻烦了。但她又觉不忍，于是，借去洗手间的空当，溜出了喧哗的餐厅。

静宜沿着湖边漫步，不禁想起二十年前，父亲有了外遇，母亲成天哭闹，她为了逃避，独自到遥远的异地打天下。没想到，二十年后，她竟以海外著名企业家的身份被邀请回国访问。然而，如今亲人已逝，桃花也改。就在静宜感慨颇多时，似乎感觉有一个人影闪过。当静宜转身时，人影却已隐入树丛之中。

那晚，前尘往事不断涌现，令静宜彻夜不能成眠，直到天快亮时，她才迷糊睡着。

突然，一阵急切的敲门声将刚入梦的静宜惊醒。她一看表，已快到上车离去的时间，她边回应“就好了！”边以最快的速度收拾着。

一开门，李天鸿站在门外。他顺手接过静宜的小行李箱，轻声催促着：“快！”就赶紧往停车场的方向走去。静宜不敢怠慢，快步跟着。

车上只留下最后面的两个座位，静宜和李天鸿并排坐下。待一切弄妥，彼此寒暄几句，就再也接不下话。静默了好一会儿，李天鸿突然冒出了这么一句：“我认识你已有三十年了。”

静宜一阵惊愕后，说：“三十年前我还在读书。”

“对！那时，你刚进高中，我每天和你搭同一班公车，足足有三年时间。”

“我们交谈过吗？”

“没有。”

静宜依稀忆起，似乎曾有那么一个影子老是离她很近，但又非常陌生。

“那时村子里的男孩都喜欢你，可是谁都没把握，大家只好约法三章，谁敢跟你说话，大家就一起揍他。”

静宜有些不悦，心想：怪不得村子里只要稍有姿色的女孩都有人追，就是自己没人理睬。那时她还真以为自己哪里不对劲。

“你们就这么没胆？即使喜欢也不敢表示？”

“那倒不是，只是我们觉得违反约定，就是不讲义气，不是男子汉。何况我又是个极度内向的人，大学毕业后，按部就班工作，一直也没交女朋友。三十出头，父母开始着急了，到处托人介绍，然而我的婚姻至今未果。生活上没多大的变化，也没多大的挫折，一直平平稳稳的，也很平凡。不过，不知为什么，与你共乘一车的那三年，一直出现在我的记忆中，可以说是我生命中最珍贵的一段时光。这次从受邀的名单中看到你的名字，起初，还不敢相信，当看到你的照片后，才确定是你。本来不是我负责接待，但负责的人出了意外，我就毛遂自荐，主要想在三十年后能和你说上话。”

李天鸿一口气把话讲完，深怕自己一停就再也接不下去似的。

静宜终于知道，这几天感觉一直尾随在她身后的那双灼热的眼睛，及那晚闪动的影子，都是他。

一路上，他们像久别重逢的老友，谈了许多不曾和别人谈过的往事。然而，三小时的时间转瞬即逝。

临别时，李天鸿带着一丝羞怯，笑着说：“我真的很开心，三十年前想做的事，今天总算完成，我会永远记住这三小时，就像记住三十年前的往事一样。我为那个能娶到你的男人高兴，相信他和你一样出色。”

当李天鸿转身离去时，静宜竟有种想唤住他的冲动，然而话未出，泪已流。

没有流露的爱情也是神圣的，它隐藏在心灵的最深处，闪耀如钻石。爱的缘分有如生命之绳，抓住不放松，才会得到永恒的幸福，一旦松手，一切都已不再。

时光如梭，还没有看到花园里开放的鲜花和果园里累累的果实，一切就被茫茫的大雪覆盖了。再看看自己，须发皆白，早已经老态龙钟了。

时间纽扣

从前，有个年轻的农夫和情人相约在一棵大树下见面。农夫性子急，很早就来了。

虽然春光明媚，鲜花烂漫，但他急躁不安，无心观赏，焦急地坐在大树下长吁短叹。

忽然他面前出现了一个小精灵。“你等得不耐烦了吧！”小精灵说，“把这个纽扣缝在衣服上吧。要是遇上不想等待的时候，向右旋转一下纽扣，你想跳过多长时间都行。”

小伙子高兴得不得了，握着纽扣，轻轻地转了一下。啊！真是奇妙！情人出现在他的眼前，正脉脉含情地凝望着他呢！要是现在就举行婚礼该有多棒啊！他心里暗暗地想着。他又转了一下，隆重的婚礼、丰盛的酒席出现在他的面前；美若天仙的新娘依偎着他；乐队奏响着欢快的音乐，他深深地陶醉其中。他看着美丽的新娘，又想，如果现在只有我们俩该多好！不知不觉中纽扣又转动了一点，立刻夜阑人静……

他心中的愿望层出不穷：我还要一栋大房子、我还要一大群可爱的孩子……他迫不及待地将纽扣向右转了一大半。

时光如梭，还没有看到花园里开放的鲜花和果园里累累的果实，一切就被茫茫的大雪覆盖了。再看看自己，须发皆白，早已经老态龙钟了。

他懊悔不已：我情愿一步步走完一生，也不要这样匆匆而过！扣子猛地向左动了，他又在那棵大树下等着心爱的情人。他不再焦躁了，心平气和地看着蔚蓝的天空，鸟叫声是如此悦耳，草丛里的甲虫是那么可爱。原来，人生不能跳跃着前行，耐心等待才能让生命的历程充满乐趣。

等待，是时间赋予人的自然的节奏。不要轻易旋转你的“时间纽扣”。拥有耐心，学会等待，你看到的风景会远比别人看到的更美丽。

令人失望的是，这只是一个极为寻常的、做成蝴蝶结状的女人胸针，既不是金的又不是银的，更不是钻石的。

胸针

莎拉波娃的姑妈有一个菱形的普通胸针，只要是能够佩戴胸针的衣服，她总是把它佩戴着。莎拉波娃猜想，这里准有什么异乎寻常的缘由。这个胸针究竟是什么材料做的？莎拉波娃纳闷。

经过莎拉波娃再三央求，姑妈终于同意给她看看那个胸针。她把胸针放在手上，用指尖小心翼翼地拿着，生怕会掉在地上。

令人失望的是，这只是一个极为寻常的、做成蝴蝶结状的女人胸针，既不是金的又不是银的，更不是钻石的。

“是的，这只是一个普通得不能再普通的胸针。”姑妈微微地笑着，“可就是这么一个普普通通的胸针，它却维系着我的命运。

更确切地说，这普普通通的胸针决定了我的爱情。你们现在这些年轻人也许不理解这点，你们把自爱不当回事，不，更糟糕的是，你们压根儿没想过这么做。对你们来说，一切都是那样直截了当，来者不拒，受之坦然，草草了事。要知道我们那个年代是何等重视。”

姑妈开始满怀幸福地对莎拉波娃讲起那难以忘怀的一夜。”

“我那时 19 岁，他不满 20 岁。”

“一天，他邀我去海边旅行。我们要在他父亲捕鱼的船上过夜。我踌躇了好一阵。我还得编造些谎话让父母放心，不然他们说啥也不会同意我干这种事的。因为，那时的我根本不会游泳。当时，我可是给他们好好地演了出戏，骗了他们。

“小渔船就在他父亲经常捕鱼的海边，那儿万籁俱寂，孤零零地只有我们俩。因为时间还早，我们就没有直接上渔船，而是在海边休息。他生了火，我帮他煮汤，我们在临时搭建的灶旁忙个不歇。饭后，我们就在海滩上漫步。两人慢慢地走着，此时无声胜有声，强烈的心跳替代了平时稍显枯燥的言语。此时还有什么可说的呢？

“我们回到渔船。这条渔船在当时来说已经很不错了，拥有两个房间，就像现在的游艇。他在小房间里给我置了张床，因为小房间比较暖和。你可不知道他干起事来有多细心周到！他在另一间房子里给自己腾了个空位。我觉得那铺位实在不太舒服，睡觉太硬了，睡上去背部肯定会很疼。

“我走进房里，脱衣睡下。门没上闩，钥匙就插在锁里。要不把门闩上？这样，他就会听见闩门声，他肯定知道我这样做是在防备他。我觉得这太幼稚可笑了。难道当真需要暗示他，我是怎么理解这一次我俩单独在这渔船上过夜的吗？说到底，如果夜里他真想干些风流韵事的话，那么不论是锁，或是不锁都无济于事。对他来说，此事尤为重要，因为它涉及我俩一辈子的幸福——命运如何全取决于他。这根本用不着我为他操心。

“在这关键时刻，我产生了一个奇妙的念头。是的，我应该把自己‘锁’在房里，可是，在某种程度上说，只不过是采用一种象征性的方法。我踮着脚悄悄地走到门边，脱了鞋子取下一根鞋带，把它缠在门把手和锁上，绕了好几道，然后将那个他在来海边的路上送给我的胸针插在上面。只要他一触动门把手，胸针就会移动位置。当时我就做出了决定，不管我有多么喜欢他，只要发现胸针移动了位置，那么，也就意味着我们的缘分到此为止了。

“你们今天的年轻人呀！你们自以为聪明绝顶。但你们真的知道人生的秘密吗？这个普普通通的胸针——翌日清晨，我就在原位置把它取了下来——它把我们俩强有力地连在一起了，它胜过我生命中其他任何东西。时机一成熟，我们就结为良缘。他就是我的现任丈夫——卡拉斯。你们是认识他的，而且你们知道，他是我一生的幸福所在。这就是说，一个胸针虽普通，但它却维系着我的整个命运。”

那些天长地久的夫妻，很重要的一条就在于理智的力量常常呼唤着他们，使他们能更清醒、更理智地去探索对方的内心世界。真爱，在于彼此灵魂的相依。灵魂相通，才能更好地了解对方，魂魄相依的感情，才会更长久。

半年后，老先生中风，瘫痪在床上。儿女们来看望，老太太坐在床头紧握着老先生的手，老先生不能说话，只是手指微微动着，抚摸着老太太干枯的手背，目光暖暖的。

一天足够了

年近七旬的老先生要续弦，对方是同样高龄的一位老太太。儿女们一致反对："您都这么大岁数了，还有什么意思？她不过是看上了您的存折、您的退休金、您的房子，您叫我们当儿女的多尴尬……"老先生拍案而起："我爱她！"

儿女们惊呆了，想不到这样的话从一个须发斑白的老人嘴里说出来。老先生留下所有的存折，离开了大房子，和老太太住在了一起。

每天傍晚，人们都可以看到两个老人互相搀扶着在夕阳下散步，晚霞把他们的脸映得红红的。

半年后，老先生中风，瘫痪在床上。儿女们来看望，老太太坐在床头紧握着老先生的手，老先生不能说话，只是手指微微动着，抚摸着老太太干枯的手背，目光暖暖的。

人们很少再见到老太太出门，只能在早市上看见她买很多很贵的菜。老太太每天给老先生读书，念报纸，喂饭，擦洗身子，换洗衣服……她找来许多大镜子，从窗口摆到床头，和老先生一起看反射进来的风景。房间里还经常传出美妙的音乐声。

医生曾经说，像老先生这样的病情，这样的年龄，能再活上一年就不错了，可老先生一直活了 5 年。老先生去世后，他的儿女们感激老太太对父亲的悉心照顾，送来两万元钱。老太太拒绝了：“你们的父亲已经给了我很多……”儿女们心里一惊，暗想：难道父亲还有什么私藏?

老太太笑了，望着窗外鲜红的落日，说：“你们的父亲给了我爱，这是多少金钱都换不来的。”

儿女们汗颜：“可你们真正在一起的时间不过半年……”

“傻孩子，如果彼此爱着，哪怕一天，生命的最后一天，你也可以拥有对方的一切。”

半年的相知相守，五年的悉心照顾，两位老人的爱着实令沉迷经济现实中的人们汗颜。只要彼此相爱着，又何惧时短时长，哪怕只有一天，亦足矣！

我想我终于懂了，在你不在乎的外表下，有颗不善言辞的心，一颗最爱我的心。原来你是爱我的，只不过你不说，这是你爱的方式，跟大家不同。

原来你爱我的方式不同

我告诉你我的车子坏了，我走了半小时的路才走到车站。本来我以为你会关心说怎么不坐计程车，你累不累？但你说反正很近，你也顺便减肥。我生气，觉得你不爱我、不关心我。第二天，我发现了留在桌上的你的车钥匙，以及为我准备的丰盛早点。我才发现，原来你是爱我的，只不过你不说，这是你爱的方式，跟大家不同。

我告诉你说我想要去北海道、荷兰等地欣赏那一大片壮观的花海。本来我以为你会关心说你想去哪儿？我们来计划计划。即使是敷衍几句了事也好。但你说真是无聊，花大把的银子去那种无聊的地方。我生气，觉得你不爱我、不懂我。后来，我发现家里的旅游杂志，不管是关于国外还是关于国内的，只要是有赏花介绍的那一页，页角就有折痕，页面就有你的笔迹。我才发现，原来你是爱我的，只不过你不说，这是你爱的方式，跟大家不同。

我告诉你说我的头发掉得很严重，可是医生都说没什么，我真怕我会变成秃头。本来我以为你会安慰我说你头发看来还是很多。但你说这才知道你的头发乱掉啊，家里地板上都是你的头发，很脏。我伤心，觉得你不爱我、不在乎我。后来，我发现家里地板上越来越难发现我的头发，我以为我不再掉头发了，也就不再担心变成秃头了。但在你出差的那几天里，我才发现地板上头发又变多了，垃圾桶里也找到了一堆用报纸覆盖住的头发。我才发现，原来你是爱我的，只不过你不说，这是你爱的方式，跟大家不同。

我告诉你说我跟朋友出去，晚上会晚点回来。本来我以为你会关心我说跟谁出去？小心点，记得拨电话或早点回家等等。但你说随便你，你高兴就好。我生气，觉得你不爱我、不关心我。后来，我负气凌晨三点回家时，我看到你在沙发上的睡容。我才发现，原来你是爱我的，只不过你不说，这是你爱的方式，跟大家不同。

我告诉你说这是我为你挑选的外套，从去年换季就买了，藏了一年，现在新的冬天将来，我将这一季的第一股温暖献给你。本来我以为你会感激地回答我说谢谢你，亲爱的，这是我一季的温暖，也是一辈子的回忆。但你说还不是捞换季大甩卖的便宜。我伤心，觉得你不爱我、不懂我。后来，冬天过了，春天的脚步走到了五月底，我却还常看见那件我认为爱的外套、你认为便宜的外套穿在你身上。我想了想，数了数，才惊觉那件外套几乎天天伴着你上班下班，出门进门。我才发现，原来你是爱我的，只不过你不说，这是你爱的方式，跟大家不同。

我告诉你说我喜欢吃隔壁街角那一家的凉面。本来我以为你会告诉我说那我们明天一起去吃好不好？但你说整天就想着吃，也不想想自己的身材。我伤心，觉得你不爱我、不关心我。后来，我发现你常常买很多芝麻酱、花生酱及其他作料，窝在厨房调一碗又一碗黑乎乎的酱。我才发现，原来你是爱我的，只不过你不说，这是你爱的方式，跟大家不同。

我告诉你说我真高兴嫁给了你，你是最好的老公。本来我以为你也会开心地回答我说我也是这么觉得，你是最好的老婆。但你说嫁都嫁了，不然你还想怎样？我生气，觉得你不爱我、不懂我。后来，我在无意中发现你开始在睡前用卫生纸擦拭着我们床头上那张结婚照，然后微笑地望着照片傻笑好久。我才发现，原来你是爱我的，只不过你不说，这是你爱的方式，跟大家不同。

我想我终于懂了，在你不在乎的外表下，有颗不善言辞的心，一颗最爱我的心。原来你是爱我的，只不过你不说，这是你爱的方式，跟大家不同。

有人说，自你一降生就有一份天定的缘为你而生。然而人海茫茫，大千世界，生命苦短，如何才能找到那份属于你的注定的缘？找到那个完美的伴侣呢？现代人总不能固守这份缘，不能以易逝的青春和忍耐的心情去屏息静候，于是他们常常是很勉强地接受了随风而至的另一半，却又一遍遍地把对方和心目中完美的设想相比，然后一次次地失望。他们不知道，懂得去珍惜身旁的和已经拥有的，其实就是最大的幸福、最真的爱情。

如果有一份执着而持久的感情和一份金玉其外但又转瞬即逝的感情，你愿选择哪一种？世界上有许多出色的男人和美丽的女人，然而真正属于你的感情只有一份。千万不要因为别人的眼光而改变自己的挚爱，千万不要活在别人的眼光里而失去了自己。也永远不要太贪心。感情不是梦想，就像大家常说的：如果有谁认为世界上有十全十美的爱情，那么这个人不是诗人就是白痴。所以，我们用心守候着属于自己的并不惊天动地的爱情。

哲学家说：爱情就是当你知道他不是你崇拜的人，而且明白他还存在着种种缺点时，却依然选择了他，不因为他的缺点和弱点而抛弃他的全部。是的，没有一个爱人是完美的，也没有一份感情是毫无瑕疵的，这就是真真切切的爱人和爱情。什么时候我们才能平心静气地想一想这些话，想一想我们当年苦苦追求完美的可笑和天真呢？

如果有这样一个人，他在你心目中是对的，未曾有一丝的缺点，

而你敬畏但又渴望亲近他。这种感觉不叫“爱情”，而叫“崇拜”。崇拜需要创造一个偶像，就像图腾之类没血没肉的东西。而爱情不需要，爱情是真真切切可以用手去触摸、用心去体会的。

爱情是你明知他穿得像个土老帽儿，还愿意和他出去示众；爱情是你鄙视商人，而在你眼中他偏偏是个可爱的小商贾；爱情是你素有洁癖，却甘愿为他洗油腻腻的饭盒、刷脏兮兮的球鞋。“你不是最好的，但，我只爱你”，读这句话感觉就像一对沧桑过尽的伴侣，牵着手，漫步在煦暖的阳光下，满脸幸福地回忆着往事。往事已远，而追忆长留……

爱是人类最美丽的语言。爱是早晨的阳光，轻而柔；爱是午夜的月光，静而亮。爱来自不同的对象，爱也有不同的形式，爱没有统一的界定，每个人对爱的认知也不尽相同。但不同形式的爱却有着同样的美丽。

为了一个无法预料的事故，那女人只能永远寂寞地坐在爱人的后边，永不能在他身边共同欣赏繁华世界，体味人间美景；男人也无法体会到身边有挚爱陪伴的幸福。

爱情的最佳位置

有一个故事，说的是一个男人从不让自己的妻子坐在私家车副驾驶的位子上，妻子一直怀疑是男人嫌弃自己，不愿让她示人。忍无可忍大吵过一次后，男人拿出一篇文章，文章写了一对夫妻驱车外出，遭遇车辆追尾事故，丈夫出于本能往左打方向盘以趋避危险，可是他又突然意识到妻子坐在身边，这样会伤害到妻子，于是他又猛地将方向盘向右打，试图把妻子往生的方向推一把，可是人的反应速度怎么能和车速相比呢？夫妻俩都在这场事故中丧生了。那男人的理论是我要你坐在我后边，万一有事，我会心无旁骛地选择生的方向，女人为此大受感动。后来，每次都乖乖地坐在丈夫后面，觉得这里才是爱情的最佳位置。

初看，这个故事让人感动，再想一想，又觉得有些遗憾。为了一个无法预料的事故，那女人只能永远寂寞地坐在爱人的后边，永不能在他身边共同欣赏繁华世界，体味人间美景；男人也无法体会到身边有挚爱陪伴的幸福。这种乏味的安稳，这样的最佳位置我并不向往。我曾经问过身边的男女，是否赞同那个爱情的最佳位置，得到的答案几乎都是否定的。他们大多是要两个人在一起，要言语的交流和眼神的交会，要相互间爱的表达，而一前一后的爱情失去了爱情最充满神韵的那一部分。我问他们，不怕遇到危险吗？男人的回答是，如果我的身边坐着所爱的人，我就不会让她经历那样的危险。女人的回答是，坐在他的身边，他才不会遇到危险，因为有我陪伴！或许他们对风险估计不足，但爱情让他们勇往直前。和爱人在一起，相信爱情的力量，帮助他（她）抵御未知的风险，与他（她）共同面对未来的路。

爱，就要在一起，在一起才是爱情的最佳位置。

最妙的爱情，是两个人在一起，有言语的交流和眼神的交会，要相互间有爱的表达。而一前一后的爱情失去了爱情最充满神韵的那一部分。在一起的爱，才是爱情的最佳位置。

在单相思的那段日子里，她常常能走进我的梦中。那是一些光怪陆离的梦，那些梦境今天已不可能记清，如今还能记得的，只是一些梦的碎片：一个面目狰狞的鬼怪突然出现在我们学校里，抓起我和她就飞上了云端……我和她站在一座荒无人烟的山上，四周全是绝壁，她当时吓得哇哇大哭……

单相思

我也有过单相思的体验。那是我的初恋。

在我十四五岁的时候，我悄悄喜欢上了同校的一个女生。她引起我的思念是因为她长得很美。那姑娘的美不是那种特别抢眼的美，她的美需要你去细看才能发现，她的那双眼睛灵动娇媚，看我一眼我心里就会生出一种甜甜的东西。

她会唱歌，能跳舞，擅长朗诵，是学校里的风云人物。我每次看见她，心总要莫名地一跳，脸先红了。我和她不在一班，平日里也不在一起上课，可我老想找机会看她，就常在课间休息时到她所在的教室附近转悠，期望能够看见她的身影。不过有时她真要向我身边走过来，我又吓得赶忙扭转了脸，假装去看别的，并不敢真盯着她看。逢她上台演节目，我必是聚精会神地看，而且看得大胆，目光全在她一个人身上，想记住她身上的一切特征。她并不知道我喜欢她，甚至很少留意到我，更少同我说话。

怎样才能引起她的注意，成为我那时常在心里琢磨的事情。我记得我曾幻想过五个场景让自己去接近她，使她了解我，喜欢上我。第一个是她在学校附近遭遇了坏人袭击，刚好让我碰上，我奋不顾身地冲上前把坏人赶走。时间最好在傍晚，她又受了伤躺在地上，当然不要伤得很重，更不要伤在脸上，于是我上前把她抱在怀里，径直送到校医那里帮她包扎。这样一来她肯定会对我产生好感并喜欢上我……

第二个是她星期六离校外出时突然得了急病，当时她身边没有别的相熟的同学，只有我。于是我上前不由分说就背起了她，她那阵已无力拒绝，听任我背了她向医院里走，她把头伏在我的肩上感动地说：太谢谢你了……

第三个是在夏季发大水时她不小心掉进了河里，因为河水流得很急，看见她落水的同学都没敢下水，只有我不顾一切地跳下去向她身边游，我一只手从背后抓住她的衣领，另一只手划水向岸边靠，终于平安地将她救上岸，当她仰躺在岸上苏醒过来后，她紧紧抓住我的手说：谢谢你救了我的命……

第四个是她在新学期开学时把带来的学杂费全丢了，她正在那里哀哀哭泣时，我走上前说：我这儿有钱，你拿去先交上吧！她很感动，抓住我的手不停地摇……

第五个是她有一天正在公路边走，一辆汽车突然失去方向朝她轧过来，在那千钧一发之际我猛地向她扑去，抱住她滚到了路边的沟里，使她保住了命，她起身后感动得抱住我不停地亲……我想得很美，遗憾的是那只是幻想，五个场景没有一个能真的出现，所以到最后我和她也没能接近。

在单相思的那段日子里，她常常能走进我的梦中。那是一些光怪陆离的梦，那些梦境今天已不可能记清，如今还能记得的，只是一些梦的碎片：一个面目狰狞的鬼怪突然出现在我们学校里，抓起我和她就飞上了云端……我和她站在一座荒无人烟的山上，四周全是绝壁，她当时吓得哇哇大哭……

单相思对我的学习也有很大的推动，它变成了一种新的动力。我暗暗发誓要好好学习，争取将来能当个公社书记。我想，我只要当上了公社书记，就有了向她求婚的资本，我将穿上一身板正的中山装，郑重其事地走到她面前说：我爱你！

那个时候她大概就不会低看我了，会羞涩而高兴地说：我愿意嫁给你……单相思也使我很注意自己的衣饰穿戴。我总是要母亲把我的衣服洗净；为了保持衣领的板挺，我在衣领上别满了曲别针；我学一个老师的样子，特意把两个套袖套在衣袖上；我没有新鞋，为了使那双旧黑布鞋看上去还像新的，我朝鞋帮上涂了墨汁……我还想办法买了一块儿香皂，每天早上都极认真地洗脸，而且很努力地刷牙，一心要把牙刷得比她的牙还白。

单相思还使我学会了拉二胡。我知道她爱唱歌，我想只要我学会了拉二胡，就增加了我求爱的资本，我日后就有可能给她伴奏，会使她更快地喜欢上我。我此前对音乐可以说一窍不通，我从识简谱开始，一点一点地学；简谱识得后，我找来一把旧二胡，吱吱呀呀地拉起来。最初拉出来的声音实在难听，凡是听见那声音的同学，都要捂一捂耳朵以示抗议。但功夫不负有心人，后来从琴弓下淌出来的声音变得很是动听。在一些不上自习的夜晚，我拉的《二泉映月》和《良宵》能吸引不少耳朵倾听。我当然希望能把她吸引到身边来，但最终也没能如愿。

所有的单相思者，都希望最后的结局是两情相悦，我也不例外。没想到正当我这样向往时，一个焦雷突然在耳畔炸响：她已经有了男朋友，他是一个年轻的军官。消息飞到耳边的那一刻，我惊呆了，我站在原地久久未动，连上课的钟声都没听见。我一连两顿没有吃饭，没有人知道我出了什么问题。不久之后的一天，我便亲眼看见了那个年轻的军官。他来学校看她，她灿烂地笑着送他向学校大门口走，我定定地望着他们的身影，听见了自己的心碎裂的响声……

我的单相思不得不结束了，我变得更寡言少语了。此后，我便把精力更多地用到读小说、打篮球和学习上。我下决心此生要干出一个样子来，我一定要娶一个比她还漂亮的妻子。后来，当那个从军的机会来到时，我不顾一切地抓住了它，我想我也要当一个军官！

我真的当上了军官，可那已经是很久以后了。军官的生活并不像我想象的那样浪漫和轻松，一连串新的问题摆在我的面前，我开始了另一种忙碌，她的身影在我的脑海里日渐模糊。随着时光的流逝，她终于完全退出了我的记忆。但印痕还是留下过。

爱情，是一件上等的奖品，可以激发人不断前进，就像作者这样，为了爱，不断完善自己，努力学习。作者为爱执着，令人感动。虽然最终没有得到心仪之人的青睐，但是对作者而言，那份记忆却是他一生的财富。

那一刻，那些长久在她心上沉沉浮浮的辗转心事，就像枝头上那些饱满的花蕾，经风一吹，一夜之间便绽出了娇艳的容颜。

稻草爱情

相识一年，无数次的徘徊、试探、退缩，兜兜转转，他终于对她说了“我爱你”。那一刻，那些长久在她心上沉沉浮浮的辗转心事，就像枝头上那些饱满的花蕾，经风一吹，一夜之间便绽出了娇艳的容颜。

晚上，她躺在床上，翻到左边，再翻到右边，蒙住被子，她听见自己哧哧的笑声，终于忍不住，拨了死党冉的电话。电话通了，还没说话，自己就先笑出了声。冉在那边问：“有情况？”她仍然笑，然后才半遮半掩地说，我，喜欢上了一个男人……他，成熟，睿智，笑容迷人，眼神温暖，有时候纯真得像个孩子，事业也很成功……

话没说完，她便听到冉在电话那端猛击话筒，这样的完美男人，怕是早被哪个艺高胆大的女人抢到手了吧。她语塞。是的，他是个优秀的男人，却不是属于她的。她的爱情一直错位，爱她的人她不爱，她爱的，却已经在别人的园子里开了花结了果。当初他是明明白白地告诉她：他是有家室的人，除了爱，他什么也不能给她。这话只需稍加推敲，便可见其中破绽。可是，爱情的火焰烧起来，她早已乱了阵脚、昏了头脑，哪儿还容她仔细去分辨其中真假？

那时候，她傻傻地想，她只要他爱她就够了，这世上有太多名存实亡的婚姻，得到一份真爱，已是奢求。可是，陷进去后，她常常失眠，在那些难眠的夜晚，心便被层层悲凉包裹得无处可逃。

她记得有一次，她突然问他：“想要问问你敢不敢，像我这样为爱痴狂？”他愣了愣，不说话，燃着一支烟，淡淡的烟雾后面，他的脸色有些尴尬。她的心微微有些疼，自我解嘲：“是我喜欢的一句歌词，呵。”周末，约了冉一起去喝茶。她挽着冉的手从茶室大厅那面大镜子前经过时，整个人都呆住了。她看到冉神采飞扬、光彩照人，而镜中的自己，面色苍白，容颜憔悴，眉头深锁。她下意识地摸了摸自己的脸，感叹：“真的老了啊！”冉看着她笑：“哪里是真的老？不过少了爱情的滋润而已。”她讪笑：“难道我的，不算爱情？”冉正色说：“你那爱情，充其量，只是稻草爱情。你明知道修不成正果，却不肯放手，不过是因为他是你寂寞之海中的救命稻草。如果这时候有另一个人，或许并不比他优秀，但是肯给你一个家，肯承载和满足你所有的感情需求，你还会对他恋恋不舍吗？”

她呆呆地回味着冉的话，心一点点地苏醒。

这世上的感情，真的有太多的形式，有些时候，你以为那是爱情，其实不过是一根稻草。与其抓着那根无用的稻草，不如用心去植一棵属于自己的树。

爱情，是一个多么美丽多么温馨的词。但爱情，不仅包含着两个人之间的爱恋，更重要的是彼此之间的责任。只有包含责任感的爱情，才能扎根沃土，成长为茁壮的参天之树。

在那一段时间里，我心里充满不祥的预感，我想他搭乘的那一趟长途汽车肯定半道翻车了……我觉得自己心里空空的，我突然前所未有地意识到他对于我的重要性。

美丽的胡萝卜

亲爱的女儿，今天是你20岁的生日，继你爸爸上周出差，今天我也要出差，我把这封信留在生日蛋糕旁边，这样你一回家就可以先读它了。你上个月整整一个月没有回家，却来了封信，你在信上问："妈妈，究竟什么是爱情？"你是大学生，你们这一代人有些是不屑于向我们这一代人请教这类问题的，但是，从你闪烁的字句和颤动的笔触中，我感觉到了你的困惑和焦灼。我亲爱的女儿啊，你一定遇到了任何书本都没专为你准备答案的现实问题，什么是爱情？老实说，我答不出。但我想到了20岁时候的自己。那一天，我在师范学院的大门口转来转去，活像热锅上的蚂蚁。我在等他，可他没有在预期的时间里出现。我觉得太阳是绿的，而树木是红的，从我身边经过的熟人或生人全都惊异地望着我，有的还过来说几句询问或打趣的话语，但这一切对于我来说都没有丝毫的意义。在那一段时间里，我心里充满不祥的预感，我想他搭乘的那一趟长途汽车肯定半道翻车了……我觉得自己心里空空的，我突然前所未有地意识到他对于我的重要性。

他竟然出现了，我感到太阳依然是红的，树木依然是绿的，我的心因为过分担心而显得有些憋闷。我把他引到校园的一角，他从挎包里取出一根胡萝卜，塞在我手中，对我说："原谅我，原谅我，原来是 3 根，可只剩下这一根了……"他高我一届，毕业后分配在远郊县一所农村中学教书。他乘长途汽车进城途中，汽车抛锚了，那车足足修理了两个多钟头才重新行驶。当乘客们坐在路边田坎上等候时，有个妇女晕倒了，是饿晕的。亲爱的女儿，那年头在我们的历史上被称为"三年困难时期"，因饥饿而浮肿或晕倒的事并不罕见。当人们摇醒她以后，他给了她一根胡萝卜，而她立即嚼着吃了，脸上露出一个笑容。没想到另一位看上去并不虚弱的老人伸手向他要胡萝卜，他不愿给，他说："您知道吗？我们一个月只发 15 根胡萝卜，这是我带进城……给我妈的礼物。"他妈妈其实早去世了，他是为我带来的。但临下车时，他心里过意不去，又主动把一根胡萝卜给了那老人，那老人道着谢收下了。他只剩下一根胡萝卜给我，那真是世界上最美的胡萝卜。亲爱的女儿啊，对于我来说，爱情是和 3 根胡萝卜联系在一起的，而后来所出现的爱情结晶，你猜到了，就是你。

你成为一个独立的个体了。你们这一代对于爱情一定有许多新的发现和新的理解，然而，依我想来，既然自古就有爱情这么一种东西，那么，它那最恒定的内核，一定是单纯而质朴的，犹如一根通红、秀美、新鲜、结实、饱含汁液的胡萝卜。

女儿啊，掀开蛋糕边盘子上的餐巾纸吧，希望你不但细细地看，深深地想，而且希望你吃上一根，那本是可以生吃的，富有特殊的营养……

既然自古就有爱情这么一种美好的情愫，那么，它那最恒定的内核，一定是单纯而质朴的。所以，我们要真诚地面对，要单纯地面对，要勇敢地面对。

也许幸福来得太快，我竟觉得这一切像是不真实的。有时我会想：这是不是我一厢情愿呢？她是不是根本就不懂手语，只是觉得我好玩儿而已？

手语之爱

1999年，我高中毕业后，便从江苏省响水县来到南京市一家商场做保安。在学校时，因为篮球打得好，我特别自信、开朗。但从农村来到城市后，我忽然觉得自己什么都不如人，特别自卑，尤其面对女孩儿，明明喜欢，也不敢接近。

我们商场附近有一家饭店，休息时我会特意绕到饭店门口去看几眼，因为我喜欢这里的一个女迎宾员。每天中餐和晚餐时间，她都会穿着漂亮的迎宾服，脸上带着微笑，站在门口迎接顾客。远远望去，她就像一朵美丽的花儿在门口默默开放。可我每次都只是远远地看她，从不敢去接近。而她也根本不知道这个世界上还有一个穷小子已暗恋她半年了。

有一次，单位聚餐，正好定在这家饭店。我从她身边经过时，竟心慌得不敢看她。在饭桌上，大家闲聊时有人赞叹道：“门口的那个迎宾小姐好漂亮。”经理恰好听到了，接过话说：“你们说的是金兰吧？她是响水县人，家里有个聋哑哥哥，小姑娘挺不容易呢！”我正暗自高兴她与我是老乡时，有人开玩笑说：“她这么漂亮，平时追她的人不少吧？”经理半开玩笑半认真地说：“我们饭店有规定，无事搭讪的人一概不准理睬。她可是个本分姑娘！”经理的话让我有点儿后怕，幸亏当初我没有自作聪明地去接近她，否则就会被她看成是轻薄之人。但我实在喜欢她，怎么办呢？

也许爱情能让人变聪明。一天，我忽然想到：她哥哥既然是聋哑人，她应该会手语，我为什么不用手语和她联系呢？反正手语是无声的，即使被她拒绝了，别人也不知道，不算丢人。我决定无论如何也要试试！经过昼夜恶补，我终于掌握了手语，并跃跃欲试。金兰所在的饭店斜对面有个5路公共汽车站。一天中午，我坐在车站的石凳上紧紧地盯着她。当她的目光偶尔扫过我时，我忍不住开始用手语和她打招呼。我用右手食指朝她一指，那是手语“你”的意思；再握成拳，竖起大拇指，表示“好”……我说的是：“你好！我是你的老乡，也是响水县人。”哇，她的目光真的停在我的手上了！我看到她的神情满是惊讶，似乎不相信自己的眼睛。我不禁一阵狂喜：原来她真的会手语啊！

之后，她一看过来，我就赶紧打手语。我告诉她，我叫秋水，在前面的商场做保安。我还告诉她，我23岁，来南京已经4年了……可令我沮丧的是，说了半天，她却没有任何回应，只是时不时地朝我看看。不过，下班后她从饭店出来路过我身旁时，转过头来看了我一眼。

接下来的日子，每天一下班，只要她在饭店门口迎宾，我都会跑到那个公共汽车站，用手语和她说话。我有什么不开心的事都会告诉她："商场今天失窃了，小偷没抓住，经理扣了我工资"；"今天我抓住了一个小偷，看他年纪小，我悄悄放了他"……她站在那里，从未回应过，只是好奇地看我在说些什么，然后又迅速地把目光移开。有时候，饭店来的客人多了，她会有很长的时间不能看过来。再往我这儿看过来时，目光里会有些许歉意。这时，我会用手语告诉她："工作重要，别理我！"那时，她就会对我笑一笑，让我如沐春风。

也许幸福来得太快，我竟觉得这一切像是不真实的。有时我会想：这是不是我一厢情愿呢？她是不是根本就不懂手语，只是觉得我好玩儿而已？

秋天，母亲忽然生病了，我请假回去了几天。一回来，我就去"见"金兰。那天阳光灿烂，我坐在老地方等着她的目光。很快，她就看过来了。我刚刚用手语向她问了句好，她的目光就收了回去。唉，我还有一肚子话没说呢！正觉遗憾，我忽然看见她的手指在动。是的，她没朝我这边看，可她的手指在动！我清晰地看见，她的右手食指朝我一指，然后右手握成拳，大拇指和小指伸直了，整个手朝外一移，接着，又用右手食指指着我，划了三个半圆。怕我没看清，她又做了一遍。我明白，她是在问我："你去哪儿了？怎么忽然没见你了？"

这是她第一次和我"说话"啊！那一刻，我高兴得有点儿发抖了。待她的目光再转过来，看见我满脸惊讶时，很快，她又把目光收回去了。过了一会儿，我镇定下来，瞅准她又向我看过来的时机，用手语告诉她："我回去了，因为母亲生病了。"她又用手语问我："你母亲病好了吗？"我告诉她，我母亲的病已好了，她就不再说话。可仅仅这样，我已经被这突如其来的幸福搞得晕头转向了！

接下来的几天，她一有空就用手语和我悄悄说话，因为怕门口的另一个迎宾员发现，她只用一只手，且从来不动手臂，只动手指。但有些手语要用两只手来打，而且还需要手臂辅助，所以我读起她的"话"来十分费劲，有时我实在猜不出她在说什么，只好把猜出来的意思用手语对她说一遍，然后再让她告诉我对不对，时间长了，我猜得不对时，她有时会用手语调皮地骂我是笨蛋。直骂得我心里痒痒的，格外舒服……

和她聊天激励了我，我的手语水平也突飞猛进，很多复杂的信息都能用手语表达了。她最喜欢听周杰伦的歌，那天，我坐在石凳上，用手语调侃说："现在出场的是歌星周杰伦，请热烈欢

迎！”她正一脸惊奇时，我又说道：“美丽的小姐，你好，我是周杰伦，今天特意给你带来了一首《开不了口》，希望你喜欢！”她更惊奇了，看得眼睛都不眨。我开始一边打手语，一边跟着歌的节奏晃动：“才离开没多久就开始担心／今天的你过得好不好／整个画面是你……”下面的一句歌词是“想你想得睡不着”，可我没敢说，直接跳过去了。不过，我虽然没说出来，她却开始跟着节奏轻轻点头。就这样，我们在“歌声”中彼此体会着对方的感觉。

那天，我“唱”《暗号》给她听：“我想要的／想做的／你比谁都了／你想说的／想给的／我全都知道……任何人都猜不到／这是我们的暗号／他们猜／随便猜／不重要／连上彼此的讯号／才有个依靠……”她看得出神了，眼里有一种说不出的东西。而我“唱”得忘乎所以，居然手舞足蹈起来。当我“唱”到“有太多人太多事／夹在我们之间咆哮／杂讯太多讯号弱／就连风吹都要干扰”时，我忽然看到她在极力忍住笑，还不停地看我的左右。这时我才发现，车站里等车的人都在用异样的目光看着我。我腾地一下脸红了，同时也发现，我的胆子居然比以前大多了。嘿，这都是因为她呀！

我们交往得很开心。在无声世界里我们已经十分熟悉，可在有声世界彼此又是那么陌生。3个月后的一天，她忽然用手语问我：“我会手语是因为我哥哥才学的，你怎么会？”我再也忍不住了，大着胆子，打着手语说："我学手语全是为了你！"她看我如此表白，脸顿时红了，我离得远都能看见。一阵冲动之下，我忽然大胆地问她："这个星期天能一起去夫子庙游玩吗？"她顿时在那边沉默了。我也觉得自己有些唐突了，害怕她会骂我。但万幸的是，正当我转身准备离去时，她忽然用手语告诉我："好的！"

那天，我是一路唱着歌，欢快地回去的！

自从我们有了约定后，突然之间时间好像变慢了。好不容易挨到星期天，一大早，我就来到了约好的地点。可没想到，初次约会，她十分害羞，我也慌乱得不知所措。两人都不说话，只是默默地向前走着。十几分钟后，她转过头来看我时，我几乎本能地迅速打起手语："对不起，我很荒唐吧……"我羞愧得说不出话来。她却害羞地笑了笑，也打手语说："傻小子，是很荒唐呢……"直到她调侃了几句后，我才慢慢放松下来。

我们打起手语来既自由又流利，说着说着，仿佛回到了家乡，开始时的尴尬消失了。她平时打手语模糊不清，现在仿佛是要补偿我，说得又快又准，再也不用我猜。那天，夫子庙里的游人大概已经看出我们不是聋哑人，但看到我们陶醉的样子，竟然没人惊动我们……最后，当我有一句手语她没看懂时，她突然开口问我是什么意思？这一声询问，陡然将我们惊醒。回过神后，我们大笑起来。笑声中，我们在无声世界里培养出来的默契一下被带到了现实中，彼此间再也没有了隔阂……

接下来的日子，幸福顺理成章地向我们袭来，从此，我们开始大张旗鼓地恋爱！

第一次去她家，当她的父母看到我用手语熟练地和她哥哥说话时，二话不说就同意了我们的婚事。她哥哥开玩笑地问我：“你是用什么甜言蜜语追到我妹妹的？”我告诉他：“爱一个人不一定非要开口，只要心中有爱，表达爱意的方式会有很多种！”我想，他一定会明白的。

有时，爱的表达，不一定通过语言。只要心中有爱，表达爱意的方式会有多种，一个眼神、一个手势就能畅通无阻地进行交流。温情，在这当中满盈盈地流动。爱，本身便是一种最奇妙最美丽的语言。手语，牵起了一段美丽的情缘。

要区分性格和爱情，需要一双炯炯慧眼。温柔的人对你嘘寒问暖不一定爱得深，冷酷的人对你不闻不问，也不见得讨厌你。

性格与爱情

我们常常将一些性格上的东西当成爱意流露，也就是说，将固有的共性误会成对某人的特性。你觉得他不爱你，其实他是郭靖式的木讷。你认为她关心你，其实她母性特别强，又喜欢多管闲事。

他分手后仍然照顾你，你便觉得，他想挽回感情，其实这是他施舍给你的。

她分手后对你充满了恨意，你难免会自作多情地感慨，这女人仍然爱我。其实，她早就不爱你了，她是天蝎座，天生记仇。

要区分性格和爱情，需要一双炯炯慧眼。温柔的人对你嘘寒问暖不一定爱得深，冷酷的人对你不闻不问，也不见得讨厌你。

感觉到的、表现出的，都可能与事实本身不是一回事。

经常在媒体上看到一些命案，女人要求分手，男人不肯，以致发展到人体炸弹的地步，哭天抢地地号着：我是真的爱你。

其实，这样的爱里，有很大一部分是性格使然，偏执，蛮横，认为自己的东西一定不可以失去，倘若失去，就要同归于尽。

爱情专家们劝慰说，最真最深的爱，不是要得到对方，而是对方幸福就好。

这样的观点对偏执狂来说，是无论如何也不能接受的。性格决定了他的观点。

爱一个人，就要捆绑他，就算他痛苦，也不管不顾。

有些人在对方说分手时会答应得很爽快，表面上找不到受伤的痕迹，其实是远远离开，默默流泪去了。

他们不喜欢在别人面前表现出内心的感情，像小猫一样躲起来舔伤口。就算自残，也不求你回心转意，这类人有极强的自尊心。

当然，不是所有安静走开的人都会泪眼婆娑地说，你一定要比我幸福。也会有一些人残酷地诅咒：伤害我的人不会有好下场！在疗伤的时候，将你永远地钉在了黑名单上。

性格是个奇异的东西，它千变万化，难以捉摸。抓住一个人的性格，就扣住了他的命门。

比如《东京爱情故事》里，关口里美非常清楚永尾完治恋旧的性格，楚楚可怜地唤醒他对故乡的记忆，征服了他的心。

你想知道对方是不是真爱你，有多爱你，就一定要搞懂他的性格，免得自作多情或错失良缘。

最后有一点要牢记，如果对方是毁灭型人格，一定不要深度交往，否则分手时会被他的性格折磨得痛苦不堪。

选择爱情，首先要看清爱人的性格。和那些心胸豁达、自尊自爱，具有完善人格的人恋爱，远离那些具有人格缺陷的小人。

在毕业的留言本上，他给我写了这样一句话：“我收到的最好的生日礼物是一束小小的紫色花朵，它将永远摇曳在我的梦中，告诉我有一个最好的朋友在默默地关心着我。”

一抹摇曳的紫色

每个人的记忆中都会有一段尘封的往事，在独坐灯下的夜晚，在漫长孤独的旅程中，都会在不经意间拂去蒙在这些记忆上的尘土，让也许已经逝去的记忆又清晰地回到自己最敏感的思绪中。

那天黄昏我在院子里散步，无意间看到草丛中隐隐地有几朵紫色的小花静静地开放着，虽然花很小，隐在草丛中并不醒目，但这星星点点的紫色却给了我一个深深的触动。

又过了一年了，这些小小的二月兰总是在清明节前后开放，而对我来说，它们是一个个温馨的标记，因为每到二月兰开放的时候，就是他的生日了——4 月 5 日。他是我的大学校友，同在一个年级，但不同系，他的专业是德语，而我学的是枯燥的计算机软件。专业的差异让我们没有什么接触的机会，但我还是注意到了他，在他朗诵德文诗的时候。

我对德文一窍不通，甚至连德文有多少个字母都不知道，但在听他朗诵一首歌德的情诗时，我从他磁性的嗓音、专注的眼神中，好像读懂了他所表达的那份感情。

后来我从同宿舍的女孩那里知道了他是一名保送生，他在上中学的时候就得过德语演讲比赛的冠军。大概学某种语言的人会不自觉地感染上那个民族的风格，他的身上也有一种日耳曼人的认真和执着。

室友们经常谈起他，谈他在专业上如何出类拔萃，谈他在足球场上当守门员时如何兢兢业业。每次我都是安静的听众，但在我的耳边总挥之不去的，是他那低沉但充满磁性的嗓音，虽然德语我一句也听不懂，但我却爱屋及乌地认为德语是我听过的最动听的语言。我偶尔能在校园里见到他，只是他根本不知道偌大的校园里还有一个平凡的我在默默地注视着他。每次和他擦肩而过时我的心都会狂跳不止。我对拥有这默默注视他的机会已经非常满足了，我觉得能够懂得欣赏他，就已经让我和他的距离缩短了很多。

但有一段时间一直没有见到他，室友们说他因为在考试时拒绝了同班一个男生的“求助”，而在球场上“意外”地受伤了。他的腿打了石膏，现在在宿舍里养伤，一两个月都不会再在球场上看到他的身影了。

虽然大家都说他因为做事太认真、太有原则而吃了亏，以后做人应该学得圆滑些，否则肯定会到处碰钉子。但我还是欣赏他的那份认真，那份对自己做人原则的坚持。我觉得他最大的人格魅力，也正是他成功的秘诀，那就是他的认真与执着。虽然这次的“挫折”是因他的坚持原则而起，但他一定不会为此而改变他做人的风格。

虽然我们从没说过一句话，他甚至都不知道我的存在，但我始终固执地认为，我是最了解他的，了解他的经历、性格，更了解他的信念和灵魂。

我非常想去宿舍看看他，为他整理一下书桌，告诉他我对他的理解和支持，但平凡如一棵小草的我却始终没有绽放出花朵的勇气。在反复的思想斗争后，我还是没法说服自己去宿舍里看看他，说几句安慰他的话。

直到那天在操场上散步时，我发现了草丛中那星星点点的二月兰，那小小的花朵，那在风中和小草一起摇曳的紫色，虽然并不醒目，但却绽放出了一种对春天的渴望，那是一种平凡的美丽，在不经意间成了那个季节最动人的风景。

而那天正巧是 4 月 5 日，室友们说那是他的生日，说他的与众不同也许就是因为他是一个出生在清明节的孩子。

这小小的二月兰好像给了我一种鼓励，也好像在用那星星点点的紫色告诉我，平凡也可以让人感动。我在草丛中摘了二十朵小小的二月兰，虽然那并不是园丁们刻意栽种的，但从来没摘过花的我却还是有些心虚，我在心中默默地许了一个愿：以后，我一定会种一大片鲜花，为了今天摘的二十朵二月兰，更为了二月兰给我的这份鼓励。我把二十朵二月兰精心地扎成一束，虽然还没有一朵玫瑰大，但它的意义在那一刻却是其他花所无法替代的。我在花束旁放了一张小小的卡片，上面写着："为二十岁的你送上二十个紫色的祝福，希望你早日康复，更希望明天的你像原来一样执着于自己的信念。"

我不知道是那二十朵二月兰真的给了我那么大的勇气，还是我想告诉他这些话的愿望太强烈了，我在 4 月 5 日的黄昏，真的走进了他的宿舍，给了他一份这样的礼物。

我们就这样相识了，在以后几年的校园时光中，我总在 4 月 5 日，送给他一束小小的二月兰，在一束二十二朵的二月兰送出不久，大学四年的校园生活结束了。在毕业的留言本上，他给我写了这样一句话："我收到的最好的生日礼物是一束小小的紫色花朵，它将永远摇曳在我的梦中，告诉我有一个最好的朋友在默默地关心着我。"

我留在了北京，为的是每年的 4 月还能看到那星星点点的二月兰，而他去了德国，那个日耳曼人的国度，我时常在想，那里的春天也会有二月兰在风中绽放吗？他的梦中还会有摇曳的二月兰吗？

如果今年他还在北京的话，那么我该送给他二十四朵二月兰了，他还会在生日的时候，期待这样一束小小的紫色花朵吗？还会想起这个平凡的女孩吗？

在我查看邮箱的时候，我收到了一封这样的电子邮件：

“今天是 4 月 5 日，我在公园里转了很久，也没有找到那抹熟悉的紫色，我觉得好像缺少了这些小小的紫色花朵，我的生命中就缺少了最最重要的东西。你能为我寄来这些紫色的小花吗？还有你遥远的祝福。”

春天真好，因为有 4 月 5 日，有在风中摇曳的二月兰，有一份只属于我的期待。

她爱他的认真与执着，一抹摇曳的紫色，却带走了女孩的思念与牵挂。他期待她的二月兰和祝福，更期待彼此的重逢。

妻子的声音从远处传来："快把车开走！快开车！"他的心被撕扯着，刺扎着。他在妻子的喊声中回到车里，发动起汽车，疯了般地追向狮子。

把生命送进狮口

他和妻子驾驶着一辆满载生活用品的卡车奔驰在无边无际的热带草原上，他们要去处于草原深处的建筑公路的基地。

就在这时，突然在他们的近前闪现出一头凶猛的狮子。卡车加大马力狂奔，试图甩掉狮子，狮子却紧追不放。

他们越是心急，令他们恼火的事情偏偏发生：汽车陷进一个土坑，熄火了。要想重新发动汽车，必须把车门打开。可狮子就趴在车外，虎视眈眈。

两个人大声吼吓，抛掷东西，办法施尽，狮子却丝毫没有走开的意思。无奈中，他拥着妻子在车里度过了漫长难耐的一夜。

可是狮子比他们还有耐心。第二天早上，这头猛兽还守在车外，向这两个要到口边的美味垂涎。

太阳似火，空气仿佛都在燃烧。妻子已经开始脱水了。在热带草原上，脱水是很可怕的。不用多久，人就会死亡。

他只有紧紧拥住妻子，似乎只有这样，才能不让狮子和死亡把她带走。此时，他们比狮子还绝望，必须行动了，否则只能坐以待毙。

他说：“只有我下去和狮子搏斗，或许才能取胜。”其实两个人心里都很清楚，即使他们的力量加起来也未必抵得过那头猛兽。

妻子像是在自言自语：“不能再待下去了，否则不是热死，也会筋疲力尽，最后连开车的力气也没有了。很多人都在等我们回去，再不回去，他们连饭都吃不上了。”

车外，狮子一点儿都没有对他们失去兴趣，它欲耗尽对手的生命，以延续它的生命。没有刀光剑影，生与死在沉寂中却铿锵相对。

不知过了多久，妻子轻轻地说道：“我有一个办法。”

“什么办法？快说！”丈夫多么希望她能把他们引向生路啊！妻子默默地伸出双手，搂住他的头，深情地凝望着，然后一个字一个字地说：“你一定要把车开回去！”说着，眼里涌满泪水。

他突然明白了妻子的所谓办法，抓住妻子的肩膀吼道：“不行！不！”

妻子扳开他的手："你不能这样，不能冲动。你下去，谁开车。"

她话没说完，就猛地推开他，打开车门，跳下去，拼命地向远方跑去。

狮子随之跃起，疾追而去。

她这是将生命送进狮口，为丈夫铺设生还之路。

他只觉得热血冲头，欲爆欲裂。他抓起摇把，跳下车，追向狮子。他怎么能看着自己的妻子活活被猛兽吃掉呢？

妻子的声音从远处传来："快把车开走！快开车！"他的心被撕扯着，刺扎着。他在妻子的喊声中回到车里，发动起汽车，疯了般地追向狮子。

远处，狮子撕咬妻子的情景也撕碎了他的心。汽车撞向狮子，那头猛兽才惊慌地逃走了。

草原上只留下响彻天地的哭声——凄惨、悲凉、断肠。

这是一九九九年十月的一天，一个叫刘火根的看山老人讲述的故事。

老人就是那位丈夫，他和妻子是当年中国援建非洲一个国家的筑路队成员。十八年前妻子用生命留给他的爱一直深刻在他的心里。

去时是双，回来是单。回国后，刘火根把妻子的骨灰绑在身上隐居在深山护林，直到今日。他说，寂静的地方能让妻子睡得踏实，也能让他更清楚地听到妻子灵魂的声音。

他说，十八年来妻子的骨灰从未离开过他的身体，以后也不会。哪怕死了，他也要和妻子相陪相伴、不离不分。

野兽可以夺走生命，却夺不走永恒不变的一个字：爱。爱是一种奉献，有时候也会是一种牺牲。爱在人生中永远是一个重要的主题，每个人都需要爱，爱也会温暖每一个人，让人们心中充满光明。爱会温暖人心，让世间充满幸福。

“爱”是世间永恒的主题。爱是给予，爱是付出，爱是奉献，爱是用自己的全部，包括用生命来交换对方的生存和幸福。生活中需要有爱，爱能温暖冷漠的人心，让社会更加和谐，有了爱，才会有幸福。

天冷的时候，母亲就会给静坐在院子里的父亲披上一件绣花棉袄。那是母亲唯一的嫁妆。天热的时候，母亲就会摇一把蒲扇，坐在父亲身边，给父亲驱赶蚊虫。

父亲母亲之间

父亲从未对母亲说过我爱你。母亲也从未对父亲说过我爱你。

但是，我知道，父亲母亲之间，有爱，大爱。

母亲是一九七五年冬天嫁给父亲的。那时父亲天天挨批斗。

母亲对外公外婆说："如果我再退婚，他怕是要垮掉。他以前不嫌弃我们，我们也不该黑良心。"

"你要想好。"外公外婆说。

"我想好了。"母亲说。

母亲知道她前面横着的是什么，但还是要往前走。那天下着大雪。母亲收拾好几件衣服，走了十几里山路，嫁了过来，只有外婆陪着。而父亲这边，连迎亲的人也没有。

母亲刚嫁过来，就开始吃苦。

天不亮，母亲就起床煮饭给父亲吃。因为一大早，父亲就得动身，到区上去。下午收了工，母亲又去接父亲。母亲不放心父亲，怕路上有个闪失。很多时候，母亲午饭都吃不上。

天冷的时候，母亲就会给静坐在院子里的父亲披上一件绣花棉袄。那是母亲唯一的嫁妆。天热的时候，母亲就会摇一把蒲扇，坐在父亲身边，给父亲驱赶蚊虫。

父亲坐多久，母亲就陪多久。

母亲干活，是队里所有女人中最多的。但不管怎样辛劳，工分都永远是六分，而且，还常受一些无端的气。

母亲都忍着，只是在没有人的地方，才抬起手去抹眼角。

一天晚上，父亲突然说："人活着，真没意思。"

母亲没有吱声。

"没意思。"父亲又叹了一口气。

"如果你觉得活着真没意思的话，那你先走了，我和娃儿马上就来陪你。"母亲终于说话了。

父亲听了，先沉默着。过了一会儿，突然问："你有喜了？"

母亲点点头。

父亲伸过一只手去摸母亲的脸："你瘦多了，苦了你了。"

母亲也抬起手去摸父亲的脸："也苦了你了。但不管多苦，都要好好活下去。我和娃儿都看你的。"

过了半天，父亲点点头。

父亲把母亲的手握在掌心。母亲把父亲的手握在掌心。

终于，父亲母亲一起熬到了“文革”结束。

一九七八年十二月二十一日，是上面给父亲平反的日子。那是一个大喜的日子。母亲看着父亲，泪水淌得满脸都是。父亲把母亲抱在怀里，手忙脚乱地给母亲揩眼泪。

父亲母亲很少吵嘴。但有一次却吵得很凶。直到母亲眼泪下来了，父亲才走出屋，坐到院坝边上抽闷烟。一连两天，父亲母亲都没有跟对方说话。我成了传话筒。“明娃，去问他要吃多少？”母亲煮饭时，总这样吩咐我。

“明娃，去问你妈……”父亲遇到什么事要问母亲时，总这样吩咐我。第三天下午，父亲母亲要到一里外的山上去收割麦子。我也去了。割到一半的时候，父亲停了下来，把我叫了过去。

“明娃，喊你妈歇一会儿。”父亲对我说，“把水拿去给你妈喝。”父亲把水壶递给我。我便向挥汗如雨的母亲走去。

“妈，爸爸喊你歇一会儿。”我对母亲说。母亲并没有理会我，只是割麦子。“妈，爸爸喊你喝水。”我把水壶递到母亲面前。

母亲抬起头看了我一会儿，然后接过了水壶。

“明娃，喊你爸爸加紧割，不然要摸黑。水壶给你爸爸拿过去。”母亲喝了两口水后，对我说。我接过水壶又向父亲走去。

父亲听了我的话，马上就站了起来，飞快地挥舞起镰刀。

但是我们还是没能赶在天黑之前割完麦子。

父亲母亲又摸了一阵黑，才割完麦子。

捆好麦子后，父亲对我说：“你跟你妈说，我背回去就来接你们。喊你妈慢慢走，天黑。你跟你妈同路。”说完背起麦捆就走。

我和母亲走到一半路，就停下来歇气。这时候，父亲来了。

“我来背。”父亲说。他边说边去接母亲的背架子。

母亲不动，也不说话。“我来。你歇一下。”父亲又说。

母亲迟疑了一下，还是让开了。父亲背起母亲的麦捆走在前面，母亲和我紧跟在后面。回到家，母亲寻出一把扇子，递给我，说：“明娃，拿去给你爸爸扇扇。”隔了一会儿，母亲又把我喊到灶屋，说，“这是才泡的茶，给你爸爸端去。”

父亲在院子里歇了一会儿凉，喝了两口茶，就起身走进灶屋，对正在往灶膛里加柴的母亲说：“你出去歇一会儿，我来煮饭。”

母亲起身让开了，走到案板边去洗菜。

“你要吃多少？”下面条的时候，母亲问父亲。

“一碗。”父亲答。

我当时就在旁边，他们没让我再当传话筒。

“明娃呢？”母亲问我。

“大半碗。”

吃完晚饭，父亲陪母亲喂好了猪。然后，我们一起坐到院子里歇凉。父亲没有说话，母亲没有说话，我一个人说了几句，也不再说话。“明天逢场，我一早就要到街上去一下。”回屋睡觉时，父亲对母亲说。

“那我明天早点起来给你煮碗面吃。”母亲说。

那年我才九岁，很多事情都不懂，但我知道，父亲母亲“说话”了。

父亲母亲之间的爱纯朴得一如黑白老照片，却也热烈得令人荡气回肠。母亲的执意要嫁，母亲对心灰意冷的父亲柔弱却坚韧的扶持，无不令人泪流满面。就连那场“冷战”也透露出丝丝的暖，浓浓的爱。

没想到他却拒绝了：“我不喜欢养小动物，你还是送给别人吧！”的确，他连自己的生活都照顾不好，哪里还能庇护起一个弱小的生命？

九月的安妮和狗尾花

那是一段落寞的日子。每天放学后，他总是一个人踏着秋日的斜阳，绕过学校门前的小山冈，到那边的一条小溪旁去散心。这里的静谧与安然，越发渲染了他内心的惆怅。远处公路上偶尔飞驰而过的汽车，会将他的思绪扯向山外喧嚣的世界里。

他刚刚从师专毕业，没能留在县城，却被分到这个偏僻的山村小学。这里的条件之差是他先前所不敢想象的，尽管他已经得到了不少的特殊照顾。

生活的平淡容易洗尽青春的激情，让人流于颓废和平庸——他这样警醒自己，于是便盼着早一天离开这里。直到那个下雨的星期天，一只小狗的闯入才使他的生活起了些微的变化。

她抱着那只后来被他们唤作安妮的小狗出现在他门口时，雨水正顺着她额前的头发垂落在白皙的脸颊上。她冲他笑笑，脸上的羞赧表明了她心中的慌乱：“你看，我家的母狗下了四个小狗娃，给你一个，做个伴吧！”

没想到他却拒绝了：“我不喜欢养小动物，你还是送给别人吧！”的确，他连自己的生活都照顾不好，哪里还能庇护起一个弱小的生命？

她站在门口竟显得有些尴尬，一时不知所措。安妮在她怀里乱拱，水汪汪的眼睛惊恐不安地望着他们，那里面的乞怜隐隐让他的心动了一下。她伸手捋了捋它灰褐色的绒毛说：“你真够可怜的，刚满月就要离开妈妈，人家还不愿要你。”

他马上改变了主意：“那……好吧！不过，我不一定能养好，我连自己都养不好呢！”

“咱们一块儿养啊！”她高兴地抱着安妮从门槛上一蹦，蹦到了屋里，像个孩子。

其实她比孩子也大不了多少。她几年前才从这个学校走出去，师范学校毕业后又主动回到了这里。这些是后来她告诉他的。她把安妮递到他怀里，然后从一个食品袋里摸出一个煮熟的鸡蛋，剥开，捻碎，放到他掌心里，让他喂安妮。安妮狼吞虎咽地吃着，连一点碎屑也不放过，吃完了还哼哼唧唧地乱拱，粉红的小舌头在他手掌里舔来舔去，弄得他心里一阵奇痒。临走，她认真交代他，该怎样照顾好安妮的饮食起居，他都一一记下了。

因为安妮，她有了接触他的理由。常常一下课，她便跑过来，逗安妮玩一会儿。

隔几天，她就要带一些熟鸡蛋或火腿肠送过来，并歪着脑袋告诫他：“你可不要偷吃啊，这些都是小狗的。”但是后来她送来的食物中就多了一些石榴、柿子，还有核桃什么的，他想，这该不会是给小狗的吧？第二天她打趣他：“怎么小狗把石榴也吃光了？”

因为安妮，她开始手把手地教他做饭，“你自己吃倒也罢了，怎么能让安妮跟着你天天吃方便面呢？饥一顿饱一顿的。”托安妮的福，他的饮食也渐渐有了规律。

安妮在他们的呵护下健康地成长着，到冬天的时候它已经长到半尺高了，灰褐色的毛渐渐变成了黄色。有时候安妮也会在他讲课时偷偷溜进教室，大摇大摆地站到讲台角上，一点也不害臊。孩子们都忍不住笑它。他慌忙把它赶出门外，拍拍它的头，于是安妮很知趣地去找她了。

不觉间已有好多个星期天没回家了，都是因为安妮的缘故。依然常常去那条小溪边，但有安妮的陪伴，他不再觉得孤独。安妮快乐地在山坡上打着滚儿，安妮的快乐冲淡了他的惆怅。

放寒假回家的时候，她带着安妮一直送他到公路边。安妮不再像往日那样淘气，它拽着他的裤脚，眼巴巴地挽留他，他心中便生出一些丝丝缕缕的缱绻来。车来了，他拍拍它的头说：“等着我，我很快就会回来的。”

开学的那天，他刚一下车，就看见安妮箭一样地从远处那个小山冈上冲下来。安妮的个子又长高了许多。它扑到他身上，大口地喘着气，在他身上闻来闻去，粉红的舌头舔湿了他的手掌。突然，它扭头向远处的她跑去，然后又从她那里奔向他。安妮就这样在他们中间来往飞奔，乐此不疲，直到他们之间的距离越来越近，最终走到一起。路上，她说：“我给咱们的狗起了个名字。”“噢，叫什么？”

“叫安妮。”“怎么起了个洋名字？不行！”“我不，我就叫它安妮！不是洋名，它还有姓呢，它姓王，叫王安妮。”说完她就对着安妮大喊一声：“王安妮！”他也随着她喊了一声。安妮很快长到了一岁，这时候已经又是一年的秋天了。一种无名的小花正开满山野，圆柱形的花序，毛茸茸的像个小棒槌。他一直不知道这种花的名字，但觉得它开在这个穷乡僻壤的地方，有种不染世俗的感觉，自有一种别致的美。有一天安妮衔了一束这样的花回来。五六朵小花被一根细草茎捆扎在一起，还有一张小纸条，上面写明是送给他的。问起这花的名字，她的回答却让他感到意外：“它叫狗尾花。很难听是吧，可它并不难看啊！”

他将狗尾花插在空瓶子里，有些失望地说：“玫瑰代表爱情，百合代表纯洁，可是它代表什么呢？”

“那都是人的规定。其实你心里想什么，它就能代表什么，凭什么只能是玫瑰代表爱情，狗尾花就不能？”她自知失言，脸上泛起了红润，逃走了。爱情就这么悄无声息地降临了。这时候，安妮充当了他们忠实的信使，它总是在他们中间来往穿梭，传递着小纸条。安妮当然不知道纸条上写了些什么，但他和她看了纸条都会爱抚地拍着安妮的小脑袋而眉开眼笑，安妮也会快乐地摇起小尾巴。

快乐的日子一天天地重复着，他猛然从这种质朴凡俗的快乐里警醒过来，为自己不知不觉间已经流于平庸而痛心疾首，于是开始刻意地遏制对她的那份感情。安妮又将她的纸条送过来，然后像往常一样摇着尾巴等待着他的回复，但他迟迟不肯下笔。安妮急得在屋里团团转，终于失望地走到了门后。

矛盾夹杂在丝丝缕缕的缠绵里，这段日子他过得并不轻松。

一转眼安妮就快要两岁了。这一年的暑假，他在县城里见到了昔日的几位同学，如今他们都活得有声有色，浓墨重彩地向他描绘外面的世界，他的心很快像一张鼓满的帆。

狗尾花开满山野的九月里，他决定离去。本想悄悄地溜走，却还是被老师和学生们知道了，一直送他到校门口。只是，他没有看到她和安妮的影子。

这样也好，若是她带着安妮来送他，真不知道自己还能不能迈动双脚。

在那条山路上，他急急地走着，强迫自己不要回头。在绕过那个小山冈时，他还是忍不住回过头来。安妮和她就站在小路的另一端。安妮见他停下了，冲开她的阻拦，箭一般飞奔而来，咬着他的行李便往回拽。他放下行李，抚摸着安妮的头，劝它回去，但这一次安妮就是不肯听他的。他只好佯装发怒，跺着脚，大声叱责它："回去，快回去！"安妮被他的叱责弄蒙了，不知道自己做错了什么惹得他勃然大怒，它躲到路边怯怯地望着他，但只要他一转身，安妮马上就会跟过来。

她在不远的地方大声地呼唤："安妮，王安妮，快回来！"风把她的声音送过来，他听着却成了另外的一句话："我爱你，快回来！"他这才恍然大悟：当初她那么固执地叫安妮这个名字，是不是早就隐下了这一层含义？

安妮听到呼唤，垂头丧气地返了回去。趁这个当儿，他疾速地走到公路边，隐隐地已经看到了缓缓而来的汽车。

她将一束捆扎好的狗尾花交给安妮，安妮接到任务，兴奋地撒开腿一路狂奔。

安妮已经看到了汽车在他身边停了下来，也许它太急于抢在他上车之前将礼物交给他，它横穿公路，径直向他扑去，却没有在意从另一个方向疾驰而来的汽车。他大喊："安妮，小心……"

随着一声惨叫，安妮的身体像出膛的子弹一样飞了出去，滚下了路基。

他扑过去，抱起安妮，一手托起安妮的下巴，从安妮嘴里渗出的鲜血很快染红了他的手掌，染红了那束狗尾花。

“安妮，安妮……”她疯了一样跑过来，颤抖的声音里满是恐惧，但除了一声声唤它的名字，她不知道还能做什么。

安妮拼尽了最后一点力气抬眼看了看她，又艰难地转动了一下眼珠，看了看他，然后慢慢地合上了双眼……

他们将安妮抬到那个小山冈上，然后坐在它身边，一句话也不说，默默地流泪，直到安妮的身体没有了一丝温度。

他们将安妮葬在了小山冈上。她说：“天快黑了，你走吧。”“我不走了。”他吸了一下鼻子，又补充道，“我再也不走了！”

后来，以及后来的后来，在每个狗尾花漫山遍野开放的季节，他和她总会采来一大束狗尾花，放在安妮坟前。在他们的身旁，另一只名叫王安妮的小狗，正好奇地打量着他们，快乐地摇着小尾巴。

喧嚣繁华的都市里，年轻的人们用浓烈火红的玫瑰表达着同样浓烈火热的爱情。在静谧安然的山村里，这如狗尾花般的爱虽然平淡，虽然隐涩，却同样浓烈，丝毫不比玫瑰逊色，而且更真、更纯、更珍贵。

直到有一天我们说到他从前的女朋友。宁加在我之前有过一个女朋友。他并不愿意多说什么，只淡淡地说是高中同学，在他的家乡，后来他读大学离开了她，就分手了。可是宁加说着说着眼神就黯淡下来。

秘密旅行

也许很久以来，我一直都在等待着这样一个清晨。推开窗看见的天空是我想要的那一种蓝，水彩课上你要调和很多很多的白色和灰色颜料才有可能偶尔得到的那种蓝：平静、复杂、沉郁、不可描述，像沉默时宁加的脸。

深秋清晨的风已经很凉，满树满地的黄叶一起簌簌发响，接近一种细微持久的叹息。我几乎就在那一瞬间做了决定。

三十分钟后，大门在我身后沉着地合上。就在这个清晨，我要开始一场旅行。这是一个秘密。宁加，这个时候你一定在匆忙地洗漱，然后你会在上班的公共汽车上给我打一个叫醒电话。但是今天你将找不到你任性娇纵的女孩儿。

这是我一个人的秘密的旅行。

现在这个女孩独自坐在靠窗的位置。对面坐着两个年轻的男孩，他们总在说笑谈论，他们曾经希望女孩也可以加入，但他们显然失望了，女孩根本无心周围所有的一切，她只想早点结束这段旅程，她想要的只是到达小镇。

她是为宁加而来。

她是我。我爱宁加。

宁加是高我两届的师兄。有一天我拿着满满的饭盒从食堂走回宿舍，经过小操场的时候，一只球飞过来击中我，饭盒里新鲜的赤豆粥洒了我满手。然后一个男孩飞快地跑过来。其实就像任何一所大学里一样，食堂的东西都不会是滚烫的，但我抬头就看见了那个高高的男孩眼眶里盈满的歉意和怜惜。我知道我看起来有多么娇柔可爱，于是我就顺理成章一言不发地哭了起来。

男孩很心疼，他重新给我买赤豆粥，给我打开水，甚至帮我抄笔记。后来，我们就在一起了，一直到现在已经两年了。我大四了，他在这个城市东边的一家软件公司做到了项目主管。

你一定知道他就是宁加。我这样喜欢着他，也许从第一眼就喜欢了，不然我不会故意哭起来让他没有办法离开。

宁加有一张善良的脸，眉目清秀，笑容温暖。我知道我是他钟爱的一个小孩，所以我可以不讲道理，可以娇纵任性。但是宁加始终微笑着，他的怀抱宽广温暖。

直到有一天我们说到他从前的女朋友。宁加在我之前有过一个女朋友。他并不愿意多说什么，只淡淡地说是高中同学，在他的家乡，后来他读大学离开了她，就分手了。可是宁加说着说着眼神就黯淡下来。

我敏感的心开始不安，我任性地追问："你们谁提出分手？你还是她？"

宁加忍耐地说："过去的事情不要再说了好吗？"

"为什么不能说？那你说是我好还是她好？你一定要说。"

宁加闷了半天，郁郁地开口："你当然好，她……她也是个好女孩。"

我忽然就暴躁起来，"你好像很怀念她的样子！宁加，她那么好为什么你们会分手？我知道了！是她不要你了，是不是？她是个坏女人，伤害了你，但是你还是很爱她，不忍心说她坏话。然后你就退而求其次地找到我！是不是？是不是这样？"

宁加什么都不再说，他把手指揉进头发里，很痛苦。这是我们第一次真正意义上的争吵。

隔天宁加给我打电话，我们在两端长久地沉默。然后我哭了，我们和好了。

我是个脆弱暴躁的孩子。可是我爱着宁加，争吵让我们彼此痛苦。所以，我不再跟宁加这样歇斯底里。可是我无法抑制心底的猜疑和妒忌。一想到深爱的宁加或许还在为那段过去的恋情默

哀，我就忍无可忍。我对那个小镇的那个女孩充满好奇和妒忌。

我开始貌似平和地跟宁加聊天，绕着弯儿聊到他的家乡，再绕着弯儿聊到那个女孩。宁加起初很谨慎，他害怕再次引发争吵，于是避开这些话题。可是我非常耐心，坚持不懈，不动声色。

日子久了，宁加放松下来。他会说一些小镇上的风景，也会在我追问下说一些有关那个女孩的事情。但他仍然不愿多讲，不再是缘于对我的戒备，而是好像真的不愿多说。

到底为什么这样不忍回顾？我在心里反复猜度，欲罢不能。

我知道那个女孩叫樱。她在小镇一个叫和风街的地方教小学生算术。而那个小镇，在我千百次的设想中有一个想当然的样子。我想我一定能找到我要的东西。我几乎能预见到这些事情会让我痛苦，但仍然固执地想要一个答案。每个女人都是出色的侦探，这话是谁说的来着？我一直都在等待这次旅行。

三个小时后我到达小镇。已经是中午，我一个人在候车大厅安静地喝完一整瓶水。我一点都不饿，我在亢奋地思索，该如何开始呢？

其实一切都简单无比，我只不过想找到那个叫樱的女孩。我要看到她的样子，漂亮还是平凡；我要知道她和宁加的故事，宁加爱我多点还是爱她多点。至于知道后又怎么样，我来不及想，或许到时候自然就会知道吧。

正午的太阳暖暖地照在身上，我拦了一辆出租车。我要去往和风街。真是不可想象，一个平凡的秋日，我在宁加和樱的家乡，正在去往遥远往事的路上。我被这个念头激动得脸庞红热，司机从后视镜中奇怪地看了我几眼。哦，我知道我看起来像一个神经兮兮的人。

几分钟后，我被准确无误地送到和风街上唯一的小学。

正是中午放学的时间，大群大群的小孩子拥出来，嘈杂欢快。我站在校门口接孩子的家长中间，茫然地张望。樱，你是什么样子的呢？远远的有一个年轻女老师慢慢走向校门，她穿着跟我差不多的裙子，长发飘飘。我死死盯着她：是不是真的这样俗套？一个跟我相像的女孩。或者，是我与她相像。

我觉得有些晕眩。几乎是突然的，我看见一双静静凝视我的眼睛。那是一个小个子的年轻女孩，穿着男孩子一样的厚运动衫和牛仔裤，背着一只巨大的墨绿色美工包。她站在离我很近的地方，眼神里充满复杂的探究。

“你找谁？”她声音低柔清晰，一字一句。她的眼神不是锐利的那种，甚至是小鹿一样柔软亲和的，可这样的眼睛让我忽然莫名地慌乱：“没有找谁，我在等……一个朋友。”

她微微点头，径自走开。

停了几秒，她又重新走回来站在我正对面，明白无比地看着我渐渐惊愕起来的脸。她说：“你要等的是我吧？我是樱。”

我像梦游一样跟着樱来到一个叫“绿踪林”的地方。事实上从头到尾我都好像是在梦游，从我坐上来小镇的火车开始。

樱点了两客煲仔饭，她说：“这里的煲仔饭很清淡，你刚坐完车不会反胃。”我惭愧地看着她，我无端地惭愧了。

我们像一对平凡的朋友，在悠闲的午后面对面坐着。

樱平静地问：“我知道你是为宁加而来，想知道些什么呢？”

我哑口无言地低下头，听见樱兀自说着：“你一定都知道的，宁加和我是很久以前的事了。那时候宁加好看极了，他学习很好，体育很好，人也很好，很多女孩喜欢他。我主动向他表白，后来我们就好了。那时我们都还小，可能宁加并不知道自己喜欢什么样的女孩，他只是被动地接受了我吧。”

樱停了停，继续说：“后来他读大学离开家乡，我留在镇上，我们仍然维持着。一直到后来宁加遇到了你，他一下子就喜欢上了你。”我疑惑震惊地抬起头，“在我和宁加认识时，你们——还在一起？”

樱微微有些激动，她把头扭向窗外。“是的。宁加痛苦很久，他怕伤害我。但是他喜欢的是你。寒假的时候，他回来坦白告诉我一切。他的钱包里有你的照片，所以我知道你长什么样子。他为你做出背弃我的事情，你知道这让善良温和的他多受煎熬。所以，虽然我不知道你们之间发生了什么，但请你无论如何要善待宁加。他曾经告诉我说不愿把这些说给你听，因为他怕你从此背负第三者的包袱。他希望你快乐。而我，也希望他能快乐。”

我羞愧地凝视对面这个悲伤的女孩：她多么纯净善良。她率真坦白地劝慰一个远道而来的女孩，而这个女孩，是抢走她爱人的敌人。她完全可以不理睬我，一个得到了幸福的人却还要来不依不饶地无理取闹。热腾腾的煲仔饭上来了，大团的热气模糊潮湿了两个女孩的眼睛。这是一场秘密的旅行。沿途我经过寂寞的田野，纯净的天空，遇到善良光明的人，最后到达我心灵最深处。我如此狭隘浅薄，自私任性。然而我多么幸运。

我想我应该从此学会了如何去爱。

爱要几分包容，几分理解，几分关心，几分爱护才圆满。如果你拥有了这样的爱，请一定好好珍惜。如果你还不懂得如何爱，也请好好努力，为自己，也为爱你的人。懂得爱，才会明白幸福的含义，才能更好地珍惜身边人。

一年过去了，失去了丈夫的日子使她觉得十分难熬，孤独和寂寞占据了她的生命。让她做梦也想不到的是：情人节前夕，门铃响了，有人送来了玫瑰花。

天堂的玫瑰

罗丝最喜欢红玫瑰，她的名字也是玫瑰的意思。每一年，丈夫都会送给她一些玫瑰花，花上系着漂亮的丝带。这一年，她丈夫去世了，玫瑰花依然送到了她的门前，卡片上仍然像从前一样写着："做我的妻子吧！"

她丈夫年年给她送花，每一次他都写着这样的话："对你的爱今朝更胜往年，时光流转，爱你越来越多。"她想，今年的玫瑰一定是丈夫提前预定的。以后再也不会有玫瑰花了。一想到这些，罗丝禁不住泪如泉涌。

她心爱的丈夫并不知道自己会如此逝去。他总是喜欢把事情提前安排妥当，以往即使再忙的时候，凡事仍能从容办好。

罗丝修剪了玫瑰，把花插进一只很特别的花瓶里，花瓶旁摆放着丈夫满面笑容的遗像，她在丈夫心爱的椅子里一坐就是几个小时，伴着玫瑰花，痴望着他的相片，沉浸在美好的回忆中。

一年过去了，失去了丈夫的日子使她觉得十分难熬，孤独和寂寞占据了她的生命。让她做梦也想不到的是：情人节前夕，门铃响了，有人送来了玫瑰花。

她把花拿进来，心中非常惊讶。是谁在恶作剧，为什么要惹她痛苦？于是她打电话给花店。

店主向她解释说："我知道您的丈夫一年前去世了，也知道您会打电话来询问究竟。您今天收到的花，是您丈夫提前预定的。您丈夫总是提前做好计划，确保万无一失。他预付了货款，委托我们每年送花给您。去年他还写了一张特别的小卡片，嘱咐说如果他不在了，卡片就在第二年送给您。"

她谢过店主，挂了电话，泪水涌流而下。手指不住地颤抖着，慢慢地打开了附在玫瑰花上的卡片。

卡片里是一张他写给她的便条。她静静地看着："你好吗，我的妻子？我知道我已经去世一年了，我希望这一年你没有受太多的苦。我知道你一定很孤单，很痛苦。我们的爱曾使生活里的一切如此美好，我爱你千言万语说不尽，你是完美的妻子，是我的朋友和情人，让我心满意足。时光只过去了一年，请不要悲伤，我要你即使是流泪的时候也是幸福的，这就是为什么玫瑰花将会年年送来给你。当你收到玫瑰花的时候，想想所有的快乐吧，我们曾经是多么幸福啊。我的妻子，你一定要好好地活着啊。请……珍惜生命，追寻幸福吧。我知道那不容易，但是你一定要想想办法。玫瑰花每年都会如期而至，除非你不再应门，花店才会停止送花。那一天，花店的伙计会上门来访五次，以防你只是出门去了。但是，访问过五次之后，他就可以确认：这些花该送到另一处我指示给他的地方——我们重逢相聚的地方。”

假如有人对你说：“我永远爱你。”请你一定要相信，也许明天的爱不复炽热，以后的日子归于平淡，但心中的爱仍在流动，滚烫如昨天。爱带给人的是震撼，这种震撼会一直延续，即使表面上已经没有了，但是心中却依然存在。

她知道他恨她，如果不恨，也不会欲将她推落山涧。她知道她在城里和她老总的那点艳事瞒不过他，但是懦弱的他一直不敢说。

心锁

他们的家乡后山有一棵巨大的榕树，树干高大盘错，树冠遮天蔽日，山风一拂，整个山腰仿佛都有着清翠怡人的绿光流动。如果走近看，会发现榕树上挂满了大大小小的铜锁，这是当地的风俗，两个人相爱了，就一起来挂一把锁，老人说，这样的话，心就永远锁在一块了。

他们双双离开小镇的前夜，携手去大榕树下挂锁，她幸福地靠在他的怀里，那时候，风是甜的，叶是香的。

十年后，他们已经在城市里安家，她有了很好的事业，而婚后的他仍然默默无闻。

爱情在她越来越不耐烦的神色里逐渐千疮百孔。

她说离婚时，已经在他意料之中。

他低着头，不说话，她以为他是一如既往的懦弱，其实他的心里波涛汹涌。

当年在小镇，他的家境颇丰，而她只是个鞋匠的孩子，相爱时，他不顾家人阻拦，与她去挂同心锁。

然而现在，她弃他如此决绝。

他只提了一个要求，离婚前，再回一次家乡，一起去解开那把同心锁。

她勉为其难地答应，一路无语。

有多久没有回来了呢，当年的钥匙已经丢失，他提着一把小锤子，沉默地，一下一下地锤着那把已经暗青的锁。

许久，仍然弄不开，她烦起来，跺脚朝山上走，他追上去。

山势越往上越陡，他们一路吵一路奔，不知不觉到了一处峭壁。这时他们已经争吵起来，山里是如此安静，一切争吵都化为回声，荡过来，荡过去，磨灭爱情的最后一点耐心。

他一把推向她的肩，躲闪间，他们一起滑向了深渊。

那一刻，他在心里痛快地大喊，死了吧！就这样死了吧！一起去死，不也是最好的归宿吗？

但是，命不该绝，千钧一发之际，她的双手竟死死攀住了一截峭壁上伸出的老树根，而他则使尽全力抓住了她的脚。

生与死的一线就这样在山间飘荡。

她知道他恨她，如果不恨，也不会欲将她推落山涧。她知道她在城里和她老总的那点艳事瞒不过他，但是懦弱的他一直不敢说。

是的，曾经爱过，可是，爱情是什么？他给不了她想要的，她不再爱他，而他的爱也不过是一种变相的不放手。

她甚至绝望地冷笑，他终于报仇了不是吗？她抓着树根，他抓着她，谁也活不了。

她尖声狂笑起来，尔后终于忍不住大哭。

我不想死。她的声音断断续续，他听不出有没有后悔。

我不想死！不知道为什么，他突然想起第一次和她坐海盗船，她缩在他的怀里惊恐至号啕，他紧抱着她，她也是这样喊。

山风里，慢慢品出大榕树特有的清香。

哭着哭着，不知道多久，她突然觉得脚下一轻。

那一瞬间她只来得及低下头看见那一抹迅速消失在山涧里的白色衣襟。

她获救了，获救以后，她证实了两件事：

第一，那把挂在大榕树上的同心锁，其实早已腐朽，只要轻轻一敲便会断开；

第二，他一直在用整个生命爱着她，因为，唯有这样的爱，才能让他在生死关头，忘记所有她给的伤害，忘记对她的恨，从容地选择了让她去自由地生。

是的，她自由了，但是从此，她心如死灰，再也哭不出眼泪。

她虽然赢得了自己想要的生活，但是爱已经不再了，她也不知道自己到底在追求什么，也许她已经后悔了。她被世俗蒙蔽了眼睛，看不到以前爱的点点滴滴，现在才后悔，已经太晚了。

世间的悲剧总是时刻在上演，为爱而死又是何等悲壮啊！在生活中我们应该专注地发现其中的美，用自己的双眼、用自己的内心去发现关于爱的一点一滴。

分手时，小炎对我讲起了她的男友还在考托福，说不定会出去，他是个事业心很强的人。我一听，又是怔了，心底有隐隐的担忧，小炎再也经不起折腾了。但愿这次让她有一个幸福的归宿，她是个容易满足的女孩。

永远的下一次恋爱

认识小炎是在火车上，当时我们那间卧铺车厢只有两个人。对面的女孩很清瘦，主动向我微笑，我不太喜欢和陌生人搭腔，回笑了一下。

天暗下来，小炎望着窗外，一个人在微笑，我开始觉得这个女孩很有意思。

一会儿，小炎的酸奶喝完了，她去把酸奶瓶洗了洗，放了点水，把头上的栀子花摘下来，插在了瓶里。

我也笑了，的确，这是个让人有好心情的女孩。

我和小炎聊了起来。小炎是去北京看望男友的。她说男友读研还没毕业，而她已工作两年了，在学校教英语，钱不多，都花在路上了，她每周五都要坐火车赴京，周日晚上再回来，为的只是两天的相会。

“累吗？这样来回奔波？”我几乎有些同情她。

她莞尔道，“爱情，爱情多美好。”

我也不禁笑了，是啊，我也是从那个年代过来的，知道爱情的力量，但是这么多年过去了，我早已不是那个对爱情有憧憬的女人，那是太虚幻的东西。

在爱情中受挫，让我这颗热情的心早就披上了厚厚的盔甲。

后来，我知道，小炎的单位和我离得很近，我们留了电话，偶尔会约着一起吃饭。从北京出差回上海，很长时间我都没有再见到小炎。

一个下雨的午后，突然接到小炎的电话：“枚姐，有空吗？一起吃饭？我请客。”

我愉快地接受了她的邀请，毕竟这是个让人放松的女孩。

我们约在一家茶餐厅见面，走过去不过几步路。小炎早到了，比几个月前瘦了许多，倒显得眼睛特别清亮。

她看到我，照例笑了一下。她点好菜，对我说：“还去北京出差吗？我是再也不能去了。”

我一惊，知道出了什么不好的事。

小炎顿了顿，“我与他分手了，他提出来的，说以后有很多实际情况很难办，他想留在北京。”几句话在小炎口里轻描淡写地说出来，却让人感到一股悲凉。

那天在火车上看到小炎的幸福模样，我本想说，不要对爱情太投入。可当时忍着没说，没想到小炎的事这么快就印证了我的话。我安慰了她许多，她没再说什么。

吃完饭，小炎对我说："枚姐，跟你聊聊我就舒服了，放心吧，我会好好的。"小炎那一句好好的，让我有些想落泪，这么好的女孩也会受到伤害，她还会相信爱情吗？

年末的时候，我又出了几次差，坐火车时会想起小炎的栀子花，只是我想，她可能再也不会有那样愉悦明亮的心情了。

圣诞节的前两天，突然下起了雪。

手机上有小炎发来的信息："有空吗？一起去公园散散步？"正合我意。这样的天气，再说我已很久没有见到小炎了。小炎穿了一袭灰色长袄，外面裹着一条大大的茶绿色羊毛披肩，在雪地里分外妖娆，比以前更漂亮了。

我还没开口，小炎又说开了："枚姐，我又恋爱了。这回不用再长途跋涉了。"

和小炎慢慢地沿着公园的空地散步，我笑着说："还那么投入吗？"

小炎想了想回答："情同初恋。"

我一愣，我以为小炎会说，怎么会呢？现在的女孩越来越懂得收放自如，何况小炎这么冰雪聪明。可是她总是让我意外。

原来，失恋后很长时间，小炎拼命工作，想忘记自己的不快，她的英语在那一段时间突飞猛进，还评上优秀教师。

她跟我谈起她的新男友，那是他们学校新调来的一个老师，两个人一见钟情。每天男孩骑着自行车带着她出去兜风，小炎买了新鲜的蔬菜在没课的时候为他炒几个小菜，小炎说她很幸福。

小炎在雪地里转了一个圈，笑着向我展示她的衣服，“漂亮吗？新买的，每次恋爱我都想把自己打扮得漂漂亮亮。”雪地中小炎茶绿色的披肩是美的，小炎的笑脸也是美丽的。

分手时，小炎对我讲起了她的男友还在考托福，说不定会出国，他是个事业心很强的人。

我一听，又是怔了，心底有隐隐的担忧，小炎再也经不起折腾了。但愿这次让她有一个幸福的归宿，她是个容易满足的女孩。

又有很长一段时间，小炎没有与我联系，我想她一定是沉浸在爱情中吧，恋爱中的人是会消失的。

第二年的春天，我在家里，接到小炎的电话：“枚姐，我在你家楼下，能上来坐坐吗？”我从窗口望过去，小炎穿着一件白衬衣，单薄得很，我猜想一定又有事了。

果然，小炎走进来一言不发。在沙发上坐下，我给她倒了一杯热水。早春的风还是很凉的，小炎抱紧了双臂，样子有些可怜。果然不出我所料，那个男孩考上托福去了国外，慢慢地断了与小炎的来往。

我有些激动，对小炎说，说过你多少次了，不要对男人太认真，你明知他另有打算，怎么还对他那么好？小炎眼睛一下子红了。我暗暗地想，这次小炎该是彻底地醒悟了，一个女人要懂得保护自己，不要那么全心付出，爱得那么傻。

那段时间，因为小炎情绪不太好，我们一起吃了几次饭。她对我说她在竞聘一所大学的讲师，下下功夫应该没什么问题，这让我为小炎高兴，功夫下在自己身上总不会错的。

这之后小炎又消失了很长时间，我有些担心，打电话去问，她的声音很兴奋，第一句话就说："枚姐，我又恋爱了。"

那一天我比较有空，就约小炎喝茶。小炎又穿了一件茶绿色的长裙，春色满园，一脸的滋润。她说竞聘成绩不错，可惜人太多了，还要进行第二轮的考试。不过，她在复习的过程中遇到了那所大学的一位老同学，两个人很聊得来。后来慢慢好上了。

我有些想笑了："小炎你怎么不吃一堑长一智？"因为我知道那个男孩家境很优越，个人条件也非常好，已是学校最年轻的副教授。

小炎微微一笑："爱了就爱了，怎么可能考虑那么多呢？那就不是爱了。"我又愣住了。小炎怎么如此执迷不悟呢？可是，我发现这次我错了。

大半年后，我接到了她的电话，她要结婚了。送请帖时我们见了一面，是在她的新房里，那是大学校区里一个很雅致的小两居。

小炎布置得很好，客厅是茶绿色的窗帘，非常安静清雅。小炎的笑脸显示着她的幸福，她泡了一壶茶对我说：“枚姐，你相信吗？很多次爱情都是为这次做铺垫的，我在那次失恋中学会了泡一手好茶呢，尝尝吧。”正说着，小炎的未婚夫回来了，一个很有风度的年轻人，一看就有良好的教养，对小炎非常呵护。

离开小炎家，我还在感慨，失恋从来没有减少过她对爱情的热情，下一次恋爱她照样投入得如同初恋，没有什么看破红尘和覆水难收。这是个不俗的女人，因为她始终热爱爱情，她懂得在恋爱中不断地修炼自己。这是个茶绿色般清新的女人啊。

爱是人类最美好的情感。小炎在爱情中受挫，也在爱情中成长，始终没有失掉对爱情的向往和信心。茶绿色的清新女孩，以越发优雅的姿态和越发专注的情感投入爱情，最终收获了美满的婚姻。

父亲愁白了头发，我成天泪眼迷离，只有姐姐没有倒下，奔前走后。熬了半个月，母亲只剩下最后一口气，恋恋地看着我，嚅动着苍白的双唇，却一个字也吐不出来。

永不离去的天使

我10岁那年，姐姐师范刚毕业。她用父母是双知青得来的一个返城名额回到上海，在一所小学教书，很快成为学生都喜欢的老师。

第二年的夏天，母亲病重住进医院，每况愈下。姐姐从上海赶回家乡来。父亲愁白了头发，我成天泪眼迷离，只有姐姐没有倒下，奔前走后。熬了半个月，母亲只剩下最后一口气，恋恋地看着我，嚅动着苍白的双唇，却一个字也吐不出来。

姐姐牵着我的手，扑通一声，跪在了病床前，紧紧握着母亲的手，抽泣着说："放心吧，我一定照顾好弟弟！"

回家前，姐姐在上海交了一个姓许的男朋友，双方感情很好，

已经到了谈婚论嫁的时候。那时，姐姐常常跑到十几里外的邮局给许哥哥打电话，每次回来，眼睛都红得惊人。姐姐假期休满后，带着我一起回到上海。

许哥哥来车站接我们，笑容淡淡的。起初几天，姐姐和许哥哥为我四处奔忙，带我去拜访一些校长、老师，极力想把我办回上海读书。我也努力表现，但是最终未果。

后来，许哥哥和姐姐开始吵架，我隐隐感觉到好像是因为我。在他们又一次争吵时，我一个人出了门，躲到附近的公园，抽搭地哭。姐姐好不容易才找到我，看着我一脸泪，第一次当着我的面大哭，抱住我说："我们回家吧！"

姐姐哭红了眼睛，最终还是拉着我的手，踏上了西去的火车。许哥哥是家里的独子，他父母以死相胁不让他随姐姐到青海去，何况还有我这个拖累。而姐姐也不想扔下我不管，宁愿放弃整个上海，放弃她的第一次爱情。

就这样，姐姐把档案转回了家乡，在乡里的中心学校教书了。

初一那年冬天，天气特别冷。

学校的被子太单薄，我每晚都得穿上厚厚的棉外套，躲进被窝才能勉强入睡。

一天姐姐到县城听课，大清早跑来学校看我。她走进宿舍时，就我一人还躺在被窝里。姐姐叫醒我后，严厉地责问道："怎么还在睡懒觉？"我支支吾吾："晚上天冷了，夜里睡不踏实，早晨老睡不醒……”姐姐不再说话，轻轻替我抚平睡皱了的棉外套，转头看向窗外，不让我看见她湿湿的眼睛。

第二天傍晚，我和同学参观完一座水电站回来，宿管老师告诉我，姐姐给我送了床厚实的棉被过来。我兴冲冲地跑回宿舍一看，原来姐姐把她唯一的那床花被子给了我。

打开被子，里边还有两颗苹果和一封信。那时苹果可是稀罕东西，而且是我最爱吃的水果。那床棉被很温暖，我却没有考虑姐姐怎样度过寒冬。我甚至那个周末都没回家，兴高采烈地和同学去逛雪后的县城。星期一的上午，班主任急匆匆闯进教室，斟酌着说，昨晚你姐可能因为夜里冷，在屋里生了只火炉，半夜燃着了从书桌掉下的作业纸，烧着窗帘引起了大火……赶快上县医院，正在抢救你姐。

当我赶到医院时，医生已经宣布抢救无效，护士正一件件地拆除姐姐身上原本用来维生的仪器。

我疯了似的扑上去，握着姐姐布满水泡变了颜色的胳膊，拼命地摇她、叫她，直到嗓子完全嘶哑。

那小时候让我依偎的姐姐，那拉着弟弟走上火车哭泣的姐姐，那为了一块橡皮替我着急的姐姐，那宁愿自己受冻、一直无私爱我的姐姐，真的就这样走了吗？

传说，每个小孩都有一位守护天使，时时刻刻，天使都看护着他的小孩，但如果过于细心，天使的翅膀会变得笨重，再也飞不起来……

姐姐走了，我才懂得什么是爱，可是姐姐再没有给我爱她的机会，再也听不见我一遍遍含泪的呼喊。那一年姐姐刚满 20 岁，也永远只会有 20 岁了。

一场大火结束了一个人的生命，但结束不了一颗璀璨、坚强、无私的心。爱的火焰还在熊熊燃烧，它的光芒将给更多的人带来力量，也让更多读到这篇文章的人懂得去珍惜身边的人。

弟气得满脸通红，瞪大两眼愤怒地望着我。在他心目中，娶不到老婆是最丢人的，我偏用这一点气他。

有一种情永远留在心中

我和弟年纪相差很小。小时候，两姐弟总爱吵架、打架。弟长得很矮小，很长一段时间里，我都比弟高出很多，便总想声色俱厉压制他。弟不服，两人常扭作一团。到底我个子高，力气大，打了弟几拳便跑。

那时候，我们家还住着一座大宅院。通往阁楼的地方架着一架小木梯。每次打了弟后，我便冲向木梯，迅速爬上小阁楼，再转身将木梯提起来。弟站在下面够不着，干着急。

“来呀，有本事就上来呀，来打我呀！”

我得意地冲着弟嬉皮笑脸，还故意将小木梯一晃一晃的。

“跳上来啊，谁叫你这么矮，长大了肯定老婆都娶不到，看你当和尚去……”

弟气得满脸通红，瞪大两眼愤怒地望着我。在他心目中，娶不到老婆是最丢人的，我偏用这一点气他。

妈总是骂我：“你看你，哪有一点做姐的样子？”

“我也是人，我为什么要有做姐的样子？”我愤愤不平朝妈大嚷，随即瞪着眼睛看弟。弟也不甘示弱，使劲瞪我，两姐弟像两只斗架的公鸡。

小学三年级时，我和弟分在一个班。有一次，班上一位高个子同学要弟叫他姐夫。矮小的弟冲上去，对着高个子玩命地拳打脚踢。我怕弟吃亏，赶紧去叫老师。

当老师将骑在弟身上的高个子扯开时，弟狠狠盯着他咬牙切齿：“就你这狗样，也能配得上我姐？”

尽管那时还很小，但是弟弟似乎明白了什么是好话什么是坏话，从来都不许别人说伤害于我的话。

班主任私底下对妈说：“你儿最护他姐。”真的，平时在家，两姐弟打架脸红脖子粗，但到了外面，弟从不允许任何人欺负我。

木梯上的那幕依然隔三岔五地上演，从来没有变过。不管弟是求、是骂，我都从未将木梯放下过。这样打打闹闹，一晃就是十来年。

弟考上市立中专，正临近毕业。而我也如愿考上梦想中的省重点学院。走的那天，弟大包大揽帮我提着行李走在前头。

我忽然发觉当年那个和我打架的矮小子长大了，不知何时已高出了我许多。那头黄黄的短发已变得浓密而又乌亮。这就是当年那个站在木梯下跳着脚和我骂架的小男孩吗？

车要开了，弟从窗口边递行李边笑着叮嘱：“姐，好好读书，我领了工资资助你。”我的鼻子有点酸，望着弟用力点头。

弟毕业后，分在机关工作，离家不远。我常笑弟没有出息，既不想考大学，也不知道出去闯闯。

要是我毕业了，无论如何都不会回那么偏远的小城。弟只笑笑，从不反驳我。

一年里，我们两姐弟见面的机会很少，说话都没有时间，哪还有时间拌嘴。

弟带我去外面玩，挤车买票都是弟打冲锋，我只管空着双手跟在后面。

远在深圳的舅舅来给爸妈拜年。弟对舅说：“我真想上大学，可我要供我姐读书，我姐很有才气，将来会有出息的。我也想去深圳闯闯，可我不放心爸妈，父母养大我们不容易。”

我躺在隔壁看书，听到弟的话愣住了，既而泪水顺着脸颊簌簌流下。

接到弟的汇款单，我跑到足球场大哭了一场，然后拨响弟的电话。

“姐，天冷了，你自己去买件厚点的衣服穿吧。”

弟的声音很近，仿佛只隔着一层窗纸，泪再次涌出我的眼眶。

真希望时光能倒回从前，我一定会放下小木梯……

亲人之间的爱总是“润物细无声”，总在不经意间发生，又在不经意间被我们遗忘。然而，当时光过去，我们回头再看，那些不经意，却是那么难忘，就像我和弟弟的拌嘴一样。

在那无知的童年，我们曾多么顽皮地犯下一个个让人哭笑不得的小错误，但随着岁月的流逝，这一切都会变成美好的回忆，让我们更懂得珍惜。

他从兜里小心翼翼地掏出一个用手绢包着的蝴蝶发卡，在我头上比量着，说他看城里的姑娘都戴这个，就给我也买了一个。我再也没有忍住，在大街上就抱着弟弟哭起来。

这辈子最爱的人

我的家在一个偏僻的山村，父母都是面朝黄土背朝天的农民。我有一个小我三岁的弟弟。有一次我为了买女孩子们都有的花手绢，偷偷拿了父亲抽屉里5毛钱。父母当天就发现钱少了，就让我们跪在墙边，拿着一根竹竿，让我们承认到底是谁偷的。我被当时的情景吓坏了，低着头不敢说话。父亲见我们都不承认，说，那两个一起挨打。说完就扬起手里的竹竿，忽然弟弟抓住父亲的手大声说："爸，是我偷的，不是姐干的，你打我吧！"父亲手里的竹竿无情地落在弟弟的背上、肩上。父亲气得喘不过气来，打完了坐在炕上骂道："你现在就知道偷家里的，将来长大了还得了？我打死你这个不争气的。"当天晚上，我和母亲搂着满身是伤痕的弟弟，弟弟一滴眼泪都没掉。半夜里，我突然号啕大哭，弟弟用小手捂住我的嘴说：“姐，你别哭，反正我也挨完打了。”

我一直恨自己当初没有勇气承认，事过多年，弟弟为了我挡竹竿的样子我仍然记忆犹新。那一年，弟弟 8 岁，我 11 岁。

弟弟中学毕业那年，考上了县里的重点高中，同时我也收到了省城大学的录取通知书。那天晚上，父亲蹲在院子里一袋一袋地抽着旱烟，嘴里还叨咕着，两娃都这么争气，真争气。母亲偷偷抹着眼泪说，争气有啥用啊，拿啥供啊！弟弟走到父亲面前说：“爸，我不想念了，反正也念够了。”父亲一巴掌打在弟弟的脸上，说：“你咋就这么没出息？我就是砸锅卖铁也要把你们姐俩供出来。”说完转身出去挨家借钱。我抚摸着弟弟红肿的脸说：“你得念下去，男娃不念书就一辈子走不出这穷山沟了。”弟弟看着我，点点头。当时我已经决定放弃上学的机会了。

没想到第二天天还没亮，弟弟就偷偷带着几件破衣服和几个干馒头走了，在我枕边留下一个字条：姐，你别愁了，考上大学不容易，我出去打工供你读书。

我握着那张字条，趴在炕上，失声痛哭。那一年，弟弟 17 岁，我 20 岁。

我用父亲满村子借的钱和弟弟在工地里搬水泥挣的钱终于读到了大三。一天我正在寝室里看书，同学跑进来喊我，梅子，有个老乡在找你。怎么会有老乡找我呢？我走出去，远远地看见弟弟，穿着满身是水泥和沙子的工作服等我。我说：“你咋和我同学说你是我老乡啊？”

他笑着说：“你看我穿得这样，说是你弟，你同学还不笑话你？”

我鼻子一酸，眼泪就落了下来。我给弟弟拍打身上的尘土，哽咽着说：“你本来就是我弟，这辈子不管你穿成啥样，我都不怕别人笑话。”

他从兜里小心翼翼地掏出一个用手绢包着的蝴蝶发卡，在我头上比量着，说他看城里的姑娘都戴这个，就给我也买了一个。我再也没有忍住，在大街上就抱着弟弟哭起来。那一年，弟弟20岁，我23岁。

我说，我这一辈子最爱的人是我弟。可在我最应该高兴的时刻，我却止不住泪流满面。

有人说“痛并快乐着”，在这里，弟弟也可以自豪地说“苦并快乐着”。当我们遇到困难的时候，有亲人的鼓励，生活的酸楚就会变成甘甜。这辈子，有了最疼爱我们的亲人，再大的困难也会迎刃而解。

在路过售票厅的时候，杰弗瑞不经意地抬头看了一眼坐在里面的售票员——那个男人正微笑地看着他，似乎别具深意。杰弗瑞也礼貌地朝他报以一笑，没想到那个男人竟调皮地向他竖起了大拇指……

爱情车票

每天早晨 7 点，住在伦敦郊外的杰弗瑞都会准时出现在售票厅，买上一张 7 点 15 分开往市区的车票和一张下午 5 点的返程票，风雨不误。三年来，杰弗瑞遇到的都是同一个售票员，每次他都会微笑着直接为杰弗瑞打票——他们虽然从未问过彼此的姓名，却像老朋友一样默契。

在忙碌的日子里，杰弗瑞也常常想，什么时候才能拥有自己的幸福。终于有一天，杰弗瑞梦中的女孩真的出现了！那个雾蒙蒙的清晨，当一身红衣、长发披肩的女孩穿过迷雾，向候车的长椅走来时，杰弗瑞的心跳加速了。她向长椅上的杰弗瑞报以温柔的一笑，在他身边的空位上轻轻地坐了下来。杰弗瑞不敢贸然和她搭讪，甚至不敢微微侧过身去欣赏她长着长长睫毛的大眼睛，他正襟危坐，紧张不已。

这时候，广播里突然传出了火车晚点的通报。这对杰弗瑞来说，意味着迟到，可他并不懊恼，反而有些窃喜——可以在这个女孩身边多待上一会儿了。

不久，女孩微微皱了皱眉头，旋即合上眼睛，打起盹来。这个弥漫着大雾的早上，乘坐火车的人并不多。杰弗瑞隐隐约约地看到那个熟悉的售票员闲坐在售票厅，似乎正望着这个方向——可能是身边女孩的红色大衣在浓白的晨雾中太耀眼了。

就在这时，令杰弗瑞激动的事情发生了——女孩因为太疲惫的缘故，已经进入熟睡，她的头慢慢地靠在了杰弗瑞的肩膀上。她的秀发轻拂着他的脸，发香一丝一丝钻进他的鼻子。杰弗瑞心里痒痒的，一时间既幸福又不知所措。他把自己的头也轻轻地靠在女孩头上，静静地感受着她的呼吸。时间一分一秒地过去，杰弗瑞想动一动肩膀，却忍着酸痛怕吵醒她。他的心里充满了温暖，他多么希望能让这个可爱的女孩永远这样小鸟依人地靠在他的身边！

雾渐渐散去，杰弗瑞的视线又一次落向了不远处的售票厅，那个售票员似乎正望着他们这有缘的一对，笑眯眯地饶有深意。一个小时过去了，火车到来的汽笛声惊醒了女孩的美梦，她睁开眼睛惊慌失措地整理了一下自己蓬乱的长发，害羞地对杰弗瑞报以歉意的微笑，杰弗瑞也笑了……

杰弗瑞多想跟女孩说上几句话，留下她的联系方式，可是，他们上车后的座位离得很远，他只来得及知道女孩名叫辛迪亚。

从那天开始，杰弗瑞就害上了相思病。每天早上，他都早早地赶到车站，希望在人流中找到那个女孩；到了傍晚，他总是舍不得马上上车，生怕那个女孩从自己的眼皮底下溜走。有好几个星期天，他甚至从早到晚守候在月台上，一步也不肯离开。每次看到长发披肩、身着火红大衣的女孩他就激动不已——可她们都不是辛迪亚。

在这种百无聊赖、充满希望又不断失望的日子里，只有售票厅里的男人常常对他报以微笑，让他感到一丝温暖。有一次，杰弗瑞甚至忍不住走到售票厅前，向他打听辛迪亚的下落——也许他会对那个美丽女孩有印象，也许他知道她一般什么时候乘车，就像他了解自己的时刻表一样。可是，他得到的回答是女孩并不常来搭乘火车。

杰弗瑞在售票员关怀的目光中颓丧地回到长椅上，日子一天天过去，辛迪亚再也没有出现在杰弗瑞的视线中。

一天早晨，杰弗瑞照常来到售票厅外，售票的男人和他相视一笑，就熟练地打起票来，男人把一张票递出窗口的同时，抱歉地笑笑，说：“这是去伦敦的车票，今天下午5点的返程车停开了，6点那班可以吗？”

杰弗瑞耸耸肩，看来要晚一小时回家了。这次，售票员并没有直接打票，而是从旁边取出一张现成的票递给了他。

傍晚，杰弗瑞按照习惯，在5点之前赶到了火车站。可令他恼火的是，5点开往郊区的火车并没有停开，它在众目睽睽之下按时到达车站而且照常开走了。铁路公司的错误通知令杰弗瑞心里很是不悦，不过，这些细微的不悦连同工作一天的疲惫都在一个小时以后消失得无影无踪！

当杰弗瑞按照车票的座位号找到自己的座位时，他的眼睛瞬间瞪大了——那是辛迪亚！她还穿着上次的红色大衣，披着长发！辛迪亚显然也看到了他，她的眼里露出惊喜的表情，在她温柔的注视下，杰弗瑞又一次坐在了她的身旁……

这回，杰弗瑞幸运地得到了辛迪亚的电话，并且得知，她在郊区工作，每半个月往返市区和郊区一次，他看得出来，女孩对他也心存好感。他踏着轻快的脚步和辛迪亚并肩走出车站，把她送上了出租车。车开动的时候，辛迪亚特意摇下车窗，请他留下电话。杰弗瑞顿时被一种无法言喻的快乐包裹住了。

在路过售票厅的时候，杰弗瑞不经意地抬头看了一眼坐在里面的售票员——那个男人正微笑地看着他，似乎别具深意。杰弗瑞也礼貌地朝他报以一笑，没想到那个男人竟调皮地向他竖起了大拇指……

突然，杰弗瑞好像明白了什么——这个售票员在辛迪亚买票

的时候，特意把她旁边的票提早打出来，留给了他！

杰弗瑞很想冲过去对他大声说谢谢，而且他突然产生了一种冲动，想问问那个卖给自己爱情车票的人：这么多年来，他是否也在等候自己的爱情？可是在他明白了整件事情的时候，售票厅已经在身后有一段距离了。

在这个月朗星稀的晚上，杰弗瑞拨响了辛迪亚的电话，电话那头的女孩很是惊喜。因为她听到了一句满含深情的话——“我爱你”……

“千里难寻是朋友，朋友多了路好走。”遇到爱情，杰弗瑞欣喜之余却只能眼睁睁地看着心爱的人飘然而去，消失在茫茫人海中。而售票员的一张“爱情车票”，给了杰弗瑞向姑娘表达爱意的机会。陌生而又默契的友谊，让杰弗瑞搭上幸福的列车，成就一段美好姻缘。

我曾经对男朋友说过，希望他正式求婚的时候，能送我一束玫瑰花——此刻，我多想看到玫瑰花啊！我走着，感到街道很漫长，似乎永远走不到我们见面的地方。

不是为了一束玫瑰

我从师范学校毕业后在一所小学任教，和男朋友同在一个城市。天蓝蓝，水清清，在尘世的繁荣与喧嚣之中，我像一只快乐的小鸟。

我教语文，当班主任，管着一群调皮的二年级小学生。课间休息的时候，他们如同一群散了窝的马蜂，奔来窜去，闹成一锅粥。我也夹在他们中间，像一个快乐的大孩子。一天，我和一群女生跳皮筋，突然发现一个黑黑瘦瘦、长着一双黑葡萄般大眼睛的小姑娘，总是远远地站在一角，样子怯怯的，很落寞。一个女生告诉我，她是刚从外地转学来的，叫毛小丫。

星期三上午，上完前两节课，做完课间操之后，同学们欢叫着散开了，只有毛小丫仍然孤零零地站在板报栏的下边，一声不吭。我走过去，蹲下来，抚着她的头发，轻声问："小丫，心里有什么事说给老师听，老师一定会帮你的。"小丫哽咽着说："我，我是孤儿。"

我很吃惊。当班主任一个多月了，竟然不知道她是孤儿。我感到了一丝失职的内疚。

小丫的父亲去世了，母亲不喜欢她，带着妹妹改嫁了，小丫跟着奶奶一起生活。

她觉得被母亲抛弃了。这是一个可怜的、心灵受到伤害的孩子。

再次见到男朋友，他约我去看一场电影。银幕上的一对情侣风花雪月，情意缠绵。可我总是心不在焉，我在想小丫。他侧过头不高兴地问："怎么了，你？"

"我在想小丫。"

"小丫是谁？"

"一个学生。"

男朋友轻轻握住我的手说："咱们走吧！"

走出影院，坐在街心公园的长椅上，男朋友问："小丫是不是很调皮，惹你生气了？"

我望着天边闪烁不定的星星，说："她很乖，很可怜。"于是，我把小丫的事情详细地讲给他听。

男朋友安慰我说："会好的，会有办法解决的。"

从此以后，在学校，我尽可能带着小丫和别的小姑娘一起玩，放学了，我陪着小丫写作业，给她梳头发，扎漂亮的蝴蝶结，和她一起跳舞、唱歌……

慢慢地，她脸上有了笑容，眼睛里有了孩子的快乐。看到小丫快乐了，我也很快乐。一次，男朋友对我说：“你都快成一个妈妈了。”他贴近我耳朵，“咱们结婚吧。”

这是冬天里一个没有多少寒意的傍晚，晚霞辉映着美丽的校园。放学了，校园里逐渐安静下来。男朋友来接我。我们走出校门，突然一眼看见了毛小丫。她气喘吁吁、失魂落魄地跑过来。“老师，老师，我奶奶不行了……我知道，你在学校等叔叔……”

我一惊，脚绊了一下。我对男朋友说：“我要去小丫家。”拉起小丫的手，拐进了一条小巷。

小丫的奶奶已在弥留之际。

她艰难地睁开眼睛，两滴浑浊的泪流了下来，我把耳朵凑到她嘴边，听见老人说：“老师……我知道你对……这丫头好……我……去了，我只求你，能经常……看看她……她没有亲人……”

小丫成了一个真正的孤儿。她经不起这么严酷的打击，眼里曾经回归的快乐又消失了。一夜之间，她又成了一个小可怜。

这天晚上，我没有去见男朋友，给他写了一封信。我把我久存于心的关于小丫的想法通过文字告诉了他。我要领养这个孩子。我在信里说，如果他提出分手，我不会怪他。

两天后，他约我在老地方见。冬天满地的落叶在晚风里飘荡，这条我走过无数次的街道突然纷乱而萧瑟，就像我的心情。

我曾经对男朋友说过，希望他正式求婚的时候，能送我一束玫瑰花——此刻，我多想看到玫瑰花啊！我走着，感到街道很漫长，似乎永远走不到我们见面的地方。

“赵老师！”

我忽然听见一个极其熟悉的声音。是小丫，我的小丫。我扑向她，问她：“小丫你怎么在这儿？”

小丫手一指说：“叔叔带我来的。”

我看见了他。他站在不远处，一捧火红的玫瑰在他胸前，灿烂如同春天温暖的脸。

爱的心情是可以传染的。也是可以学习的。爱是热，被爱是光。爱着他人，他人也会回报你以爱，因为你的心灵是如此高尚，是如此美丽，足以打动每个爱你的和未曾爱上你的人。爱心必能唤起爱心。

事情朝着顺利的方向发展。直到有一天英格告诉我，她对去冷饮店已感到厌倦了。那是小孩子去的地方。她要正正经经地出去一趟，像她姐姐那样去喝一杯香槟酒。

第一瓶香槟酒

当我爱上16岁的英格时，我正好17岁。我们是在游泳池里认识的。然而，我们的友谊当时只限于在冷饮店里约会。

每当我想英格的时候（我每天要想她上百次），就兴奋地等待和她的再次见面。当她真的又来到我身边时，我事先准备好的许多美丽动人的句子都不翼而飞了。我胆怯、拘谨地坐在她身边，手脚无处放，不知所措。英格肯定也察觉到了这些，因为她在不断地设法让我活泼起来，或者让我感到我是她的保护人。我的自信心由此也坚定起来了。我拼命地鼓起勇气，开始定期地邀请我的英格去游泳或去冷饮店。

事情朝着顺利的方向发展。直到有一天英格告诉我，她对去冷饮店已感到厌倦了。那是小孩子去的地方。她要正正经经地出去一趟，像她姐姐那样去喝一杯香槟酒。

起初我装着什么也没听见。但我的耳朵里却不停地重复着香槟酒这几个字。我仅有的零用钱几乎都花完了。尽管如此，我仍不露声色，而是用漫不经心的口气说道：“香槟酒，好呀，为什么不去喝一杯呢？”我的话似乎在表明，喝这种饮料对我来讲就像做任何一件理所当然的事一样。人在热恋中是什么都能装得出来的。钱终于存够了。我带着热恋的人来到城里最好的一座酒吧。这里富丽堂皇，婉转动人的音乐在低声地围绕着我们，侍者们悄无声息地来回走动。在这种高雅、朦胧的气氛下，我的胃也莫名其妙地作起怪来。

当我们在一张小桌旁就座后，我不得不集中精力，以免我和英格在大庭广众之下出丑。我把侍者唤来，激动之中尽可能用无所谓的口气要了一瓶香槟酒。侍者上了年纪，两边鬓角已经灰白，有一双亲切的眼睛。

他默默地弯下腰，认真和严肃地重复道：“一瓶香槟酒，赶快。”

他是尊重我们的。在他的脸上没有一丝讽刺的笑容。看来我穿上姨妈送给我的西服和系上新的红领带是对的，周围的客人也都把我们看作是成年人。不管怎样，我已 17 岁了。英格穿的是她姐姐的漂亮的黑色连衣裙。

侍者回来了。他用熟练的动作打开了用一块雪白的餐巾裹着的酒瓶。然后，把冒着珍珠般泡沫的饮料倒进杯子里。太壮观了！我们仿佛置身在另一个世界里。“为了我们的爱情，干杯！”我说道，并举起杯子和英格碰杯。

喝第二杯时，我抚摸着英格的手，她不再抽回去了。喝第三杯时，她甚至允许我偷偷地吻她一下。香槟酒太棒了。英格说她已微醉了。我也同样浑身发热。可惜，酒已喝完了。我们还能再要一瓶吗？我偷偷地望一眼酒的价格表。哦，不行了。

“快一点来算账，经理先生。”我大声地喊道。真糟糕，我对自己的粗鲁既吃惊，又骄傲。侍者来了。他把账单放在一个银盘子里，默默地将账单挪到桌上。当他转身走后，我拿过账单，读道：一瓶矿泉水加服务费共1.10马克。下面写道：原谅我，孩子。你们未成年，不能喝酒，但我确实不想扫你们的兴，所以擅自给你们换成了矿泉水。你们的侍者。

我的英格这辈子也不知道她喝的第一瓶香槟酒是矿泉水。

在十几岁孩子如花般细腻敏感的年纪，任何言语都有可能伤害他们纯真热烈的心灵。而一个善意体贴的举动往往会产生一番奇异的效果，让他们在生活中学会长大。

她的手，抖得厉害。他拍拍她的肩，从背后递过来一杯水，她接过来，这才发现原来打印机半天竟没有反应。她站起来，去检查打印机。动作很夸张，书被碰掉在地上，茶杯在桌子上惊险地打了个转……

给爱一个缓冲期

结婚8年了。他们各自的事业都有了一定的基础，曾经的梦想，一点点都变成了现实。可是，当初炽热的爱，却在烦琐的生活中渐渐消失殆尽。

终于，在又一次争吵和持续冷战之后，筋疲力尽的两个人，决定分手。他坐在她旁边，看她在电脑上写离婚协议和财产分配意见。她说，要房子还是要存款，你挑吧。他看着那些票据，心里有些疼。8年的婚姻，两个人像小鸟一样，一点一点地往家里衔泥搭草，以为垒起的窝固若金汤，不想竟如此脆弱易碎，他沉沉地叹了口气说，存款、房子都给你留下吧。

她看着他，眼睛有些发潮。他仍然沉默，烟抽得吱吱作响。

她在文档上点下打印的命令。

不知道为什么，她的头脑中突然闪过一些镜头：有一次，她到外地出差，凌晨三点突然接到他的电话，他一直问她没事儿吧没事儿吧，后来她睡着了，第二天早上醒来，发现电话还通着。他还是问，你没事儿吧？声音里满是疲惫和担忧。她才知道，原来相邻的那个城市，发生了地震……

她的手，抖得厉害。他拍拍她的肩，从背后递过来一杯水，她接过来，这才发现原来打印机半天竟没有反应。她站起来，去检查打印机。动作很夸张，书被碰掉在地上，茶杯在桌子上惊险地打了个转……他看着她，半晌，终于说，别折腾了，可能打印机坏了，明天我送去修修。

后来，他主动承认，那天晚上，是他偷偷删除了电脑里的打印机程序。他拥着她，笑着说，我只是，想给爱一个缓冲期。

一时冲动有可能会作出令人后悔终生的决定。那么，在这种情况下，聪明的做法是给爱一个缓冲期，让彼此冷静，再做决定。

列车向西，第二天停靠一个内陆名城。他下车，在月台呆立，要不是她喊他，差点误了上车。坐定后他喃喃地说：那年我们就是在这儿分的手。

时光列车

他是个守口如瓶的男人，她大学毕业来到这家公司，坐在他对面整整 3 年。她对他一无所知。

领导派他俩出差，要坐好几天的火车。当列车驶出上海站后，他忽然说：我的前妻就住在这城市。她一声不吭地看着他。他诉说那场失败的婚姻的来龙去脉，怎样的幸福，怎样的苦恼，怎样的无力回天……

列车向西，第二天停靠一个内陆名城。他下车，在月台呆立，要不是她喊他，差点误了上车。坐定后他喃喃地说：那年我们就是在这儿分的手。在月台告别的一幕，是怎样心碎和绝望……

列车向西，绿色渐稀。她对这景色陌生，对他却开始熟悉。

又有故事？她笑问。还真有。他笑答：前方将到站的小城里，留着我愚蠢的自尊心。那个女孩太优秀了，天天在一起高考复习，女孩成了小城的高考状元，我却没上重点分数线，女孩远走高飞，而我莫名地拒绝了普通高校，从此也远离了她。

列车向西，好久好久列车才停靠一站，他向她描述了一个维吾尔族小姑娘：我转学到这儿和她同桌，最初几天我根本听不进去课，我看她都看呆了。面对一个在家乡从未见过的如此美丽的女孩，小男孩心怎样地跳，怎样也无法形容那种初恋的感觉啊……

当列车到达终点时，时光列车回到了起点，将一个城府深深的中年男人，载回纯而又纯的少年时代。

在这趟公差的一年半之后，她成了他的新娘。她曾怀疑过时光列车上追忆的那些情感往事，是不是为了清除她的旅途乏味，他特意编造出来的。即使是这样她也打心眼儿里感激他，但一个人怎么可能生活过如此多的城市，又碰巧都在一条铁路线上呢？

他说：为什么不可能——我父亲是修铁路的。

他在时光列车上追忆的那些情感往事，与平时沉默寡言的他判若两人。来自心底的故事、清澈纯美的回忆，悄然拨动了她的心弦，遂成就了一份美好姻缘。

那次见面，成了她生命里一语成谶的结局。她终于得偿所愿地打开了他心里的那个锦盒，只是却阴差阳错地成就了别人的爱情重播。他离开时，她始终不明白问题的症结在哪里。

心中的锦盒

他很爱她。傍晚下班，他不忘给她带甜品，感冒生病时他就是她吃药片的准时闹铃……办公室里的大妈阿姨没有不羡慕她好运的，有这么一个宜家宜业的男人。

闲暇的时候，她也会想，知足吧，成为经典的爱情大抵以悲剧收场，一碗热汤的关怀胜过那些烟花般的誓言。

但还是架不住私下里的疑惑和猜忌，她以为自己是聪明的，有足够的智慧知晓他曾经的秘密。

于是她去他大学时代的 BBS，穷尽一切小女子的手段去加入他的校友录、QQ……她终于知道：他曾经爱过一个叫敏的女孩子。

愤愤地，她觉得不甘心。谁晓得现在的感情是不是平安股呢?

于是含沙射影，于是机关算尽，开始，他玩笑地说，只是当时年轻。

她穷追不舍地问，如果再次相遇，若不是毕业的分手潮和工作的距离，你还会选择我吗？他摸着她的头，说，傻瓜，爱情是没有假设的，此刻我们是一根藤上的蚂蚱，为什么要去想没有这根藤还有没有我们的无谓问题呢？她还是觉得，他心中的锦盒里也许未必刻着她的名字。

于是她聪明地导演了一场戏，她买了一张手机卡给他的手机发了一条短信，说：我是敏，将要经过这个城市，好久不见，可以喝茶吗？她再给QQ上的敏留言，说，我是风，在你隔壁的城市，现在生病，可以见你一面吗？接着她安排了时间地点，导演了没有剧本的戏。

结果令她很失望，在咖啡屋里，她看见了他，也终于看见了那个叫敏的女子，容颜普通，衣着素朴。她又有点小小的窃喜，原来，敏比她差了许多。

那次见面，成了她生命里一语成谶的结局。她终于得偿所愿地打开了他心里的那个锦盒，只是却阴差阳错地成就了别人的爱情重播。

他离开时，她始终不明白问题的症结在哪里。

其实，两个人的爱情就像玩俄罗斯方块，已然严丝合缝而无敌通关了，为什么要追问此外的可能呢？

每个男人的心中都有一个锦盒吧，由他去玩味或者忘记，不需要你的反复提起。

只因为，谁知道那个锦盒是不是“潘多拉”盒子呢？爱情，其实就是不离不弃，再附加不考验对方也不难为自己。

每个人心中，或许都尘封着一段难忘的青涩往事，这是每个人心中的秘密，尤其需要爱人的尊重与呵护。一旦强行打开，就如打开了“潘多拉”盒子，眼睁睁看着自己的幸福渐渐远去。

有人说，人原本是一个整体，后来被造物主一分为二，我们寻找爱情的过程就是在寻找自己的另一半。是啊，为什么有些美好的事情在某些时候却不那么美好呢？就是因为少了另一半的分享。

学会分享

我有一个很要好的姐妹和男朋友闹分手，跑来向我哭诉。她一把鼻涕一把泪地数落着那个负心人的不是。但我能听出她来找我的真正用意，她并不想离开那个人，她是来请我做和事佬的。我和那个“负心人”也是很好的朋友，事实上，他们还是在我的生日聚会上认识的，现在他们的感情出了问题，我自然义不容辞。

不过凭我对那个男人的了解，他并不如她所说的那么心狠手辣，所以我问她：“你是不是做错什么事了？”

我的这个好友曾是我们学校的校花，我和她在一个寝室生活了四年，对她在异性中的吸引力实在领教了太多，或许真是她做了什么出格的事也未可知。

她自然知道我指的是什么，斩钉截铁地说没有。我松了口气：“那么是他变心了，喜欢上了别的女人？”她想了想，又很肯定地说：“也没有。”

我有点奇怪了：“那他和你分手的理由是什么？在一起这么久了，不能说蹬就把人给蹬了吧？”她抹着眼泪很委屈地说：“他怪我删了他 MP3 里的歌。”

我明白了，不过是情侣间的小别扭，看来这个和事佬也不难做。

我找到那个家伙，训他：“你现在长本事了啊，居然学会甩女孩儿了，你忘了自己当初是怎么死皮赖脸追人家的了？”我想想都好笑，那个时候他为了求我帮忙，不知让我敲了多少竹杠。

他两眼无神地看着我，很坚定地说：“她不适合我！”

我忍住笑：“现在说不适合，你早干吗去了？”

他转过头不说话。我终于还是笑了：“呵呵，就因为她删了你几首歌？你心眼儿也忒小了吧。”他似乎不屑和我多说，嘴里嘀咕了一句：“你不懂。”我碰了个钉子。没想到这个家伙吃了秤砣了，不过我还是锲而不舍地追问：“你倒是说说看，她怎么不适合你了？如果真是她不对，我也不会帮她。”他低着头，声音轻得几乎听不见：“她无法分享我的快乐！”我诧异地看着他，觉得有点不可思议：“你还挺浪漫的嘛，分享快乐，你在写诗吗？”他脸都红了，语气却越来越坚定：“我发现我喜欢的她都不喜欢。”

“我看了一部很精彩的电影，下载好了等她一起看。原以为她看了之后也会像我一样开心，可她只看了两分钟，最后丢下两个字——无聊。

“我去上海出差，花了一个月的工资给她买了套化妆品，她居然放在抽屉里没用过一次，理由是她不喜欢那个牌子。

“还有，我带她到我常去的一家餐馆吃饭，她竟然说人家装潢不好，横挑鼻子竖挑眼，不是嫌人多空气不好，就是嫌桌椅不干净会弄脏她的裙子，最后硬是一口没吃。

“这次她要去郊区办事，我花了几个钟头给她下载 MP3，结果她说我的品位太低，一首也没听，就全部给删了。”

听他一口气说了这么多，我忍不住插嘴：“你下的歌她都不喜欢听，你也不能强迫人家呀。”

他反问我：“我可以拿着大包小包陪她百无聊赖地压马路，可以耐着性子陪她一集不落地看完整部《大长今》，可以穿着她买的那件明显嫌大的 T 恤参加同事聚会，她为什么就不可以听一次我喜欢听的歌，吃一顿我喜欢吃的饭？”

我无言以对，同样的故事，我的那个好友已跟我说过一次，只是她讲的版本不一样：“他下载了一个很白痴的片子，还非要拉我一起看，真是烦死了。”

“他给我买的化妆品居然是美国货，他又不是不知道，我只用日本牌子的。我发现他的品位有问题，给我买的那些衣服根本就土得没法穿。你知道他都听什么歌吗？张国荣、梅艳芳，真是不能认同。”

我怔怔地看着这个平时大大咧咧的男人，实在没想到他的心中已经累积了那么多的不满。我知道，他们这次真的无法挽回了。

其实我又何尝不是如此。吃了一道好菜，第一个念头就是下次带他来吃；看到美丽的风景，马上想到要带他来看；听到一首好歌，我会买了那张 CD 放进他的音响，陪他一起听，即使我已经听过许多遍，但是有他在身边，这一次就比任何一次都让我陶醉。

有人说，人原本是一个整体，后来被造物主一分为二，我们寻找爱情的过程就是在寻找自己的另一半。是啊，为什么有些美好的事情在某些时候却不那么美好呢？就是因为少了另一半的分享。

我无法衡量他们谁对谁错，也许他们只是找错了自己的另一半吧。回去的路上，我买了盒息斯敏。我一吃虾就会全身起疹子，可他那么喜欢吃小龙虾，我怎么能始终不知道麻辣小龙虾到底是个什么味儿呢？

在爱情的道路上，我们要学会与伴侣分享快乐，他喜欢的，你也要尝试着去接受、去喜欢。只有这样，才能让对方感受到你的爱，才能让美丽的爱之花更加绚烂多彩。

那一晚，静在校园的葡萄长廊里坐着，那里时常有弹吉他的校园歌手在晚风中歌唱，有碧绿的葡萄叶子在暗影中翩翩起舞。

永不分手

静和文相遇的时候，文和他的前女友云才分手。

处于失恋中的文，是在喝完3瓶啤酒后回宿舍的路上遇到静的。

那一晚，静在校园的葡萄长廊里坐着，那里时常有弹吉他的校园歌手在晚风中歌唱，有碧绿的葡萄叶子在暗影中翩翩起舞。

静坐在长廊边的角落里，享受着夏夜的安静，倾听着远处校园歌手落寞的吟唱。

文趔趄着闯进葡萄长廊时，并不知道静在那里。他拐进了爬满葡萄藤的角落，只想痛痛快快地哭一场。

晚风中飘荡着隐隐约约的歌声，让文的心更加疼痛。他站在那里，由默默地流泪到止不住地放声大哭。

静就在距离文不到两米的地方。她看见了路灯照着的男孩。听到了他伤心地叫着云的名字哭泣。

静不认识文，更不认识云，但她猜得到眼前这男孩悲伤的缘由。

静没有恋爱过，也不知道失恋的滋味。她长得不漂亮，身材也不那么好，脸上有雀斑，还略微显得有点胖。虽然她一直渴望爱情降临，却从没收到过情书和礼物，也没有男生向她表示过爱恋。可是文的哭声打动了静，一个男孩这样伤心，哭得那么真挚，让静觉得于心不忍。

在文号啕大哭告一段落的时候，静轻声地问了句：“你是不是失恋了？”

文扭头看见了灯影中的静，他淡淡地说：“很可笑是吗？几小时前我和女友分手了。”

“一点也不可笑，如果有个男孩会这样为我哭，那我绝不会让他失恋。”静看着文的背影，很认真地说。

文和静就这样认识了。他们坐在葡萄长廊里，开始聊天。

文讲起了他的女友云，讲起他和云的一些往事，静很安静地坐着，听着文的爱情故事，看着文落泪。

分别的时候，文对静说：“我从未在女孩面前哭过，可是我今晚在你面前哭，一点也没有觉得不好意思。哭了这么久，心里舒服多了。”

静笑着说："那下次你再想哭的时候，就给我打电话吧。"

后来，有一天，文真的给静打电话了，他说："我刚刚给她打电话，她一句话没说就把电话挂了，现在我真的好想哭。"

"那还去老地方哭吧。葡萄长廊，我等你。"静说完就径直去了葡萄长廊。

这一次，文没有再哭，只是反复地说："已经分手了，可我为什么还会想她，为什么总想给她打电话呢？"

文又讲起了云，讲云的样子，讲他们分手后，他是如何想她，讲他的心里空荡荡的，仿佛丢了要命的东西那样，觉得难过。文还拿出了一张云的照片给静看。

静看了，照片不太清晰，但静还是能看出来，云是漂亮的女孩。

静不知道怎样安慰文，她默不作声地听着文说云。看着文一脸忧伤，静的心隐隐地疼。

分别的时候，文说："我得忘了她，可是我忘不掉，总想给她打电话。"

静笑笑说："下次你要是控制不住，想打电话就打给我吧。"

后来，文真的时常给静打电话。他们也一起散步，一起拿着MP3听歌，一起仰望星空，偶尔也一起出去吃饭。

日子过得飞快，转眼半年过去！

静习惯了倾听文的声音，习惯了听他讲他和云的爱情，听他的忧伤和对云的思念。

而文也习惯了沉默善良的静的陪伴。

他们安静地坐着，或是走着，觉得很静谧、很温暖。

有一天，云突然给文打来了电话，她质问文，为什么在和她分手后，找了静那样长着雀斑、相貌平平的女朋友。

文沉默了一会儿说，静其实很美。

云在电话里哭了，文清晰地听见云说：“我想你，我想见你。”

文和云和好了。他们见面的时候，相拥而泣，思念和分手的痛苦在顷刻间被抹掉，他们再一次对彼此说“我爱你”，他们擦去对方眼角的泪水，拾回了往日的甜蜜。

但是这次，云要文给她一个承诺，那就是再也不和静联系，不和静来往。

文着急地解释说他和静之间什么也没有，只是普通朋友，而且每次在一起聊天，说的都是云。可是云不依不饶。

文再也没有和静联系过，可是每次在校园里远远看见静时，他的心都会疼一下，仿佛丢了东西那样，有些空，有些难过。

静仍旧不说话，只是笑笑就低头走过。

大学毕业后，云和文再次分手，这一次是真的分手了。云说她再也找不回从前的感觉，不如分手吧。

文同意了。这一次文没有哭，他看着云离去的背影，心里有些难过，那是因为他想起静曾经说，如果有个男孩这样为我哭，我绝不会让他失恋。

可是文再也没有机会了，他和静早已失去了联络。

那个名叫静的长着雀斑的女孩，曾在和文相遇的葡萄长廊中独自等待了许久，她每晚都会去那里坐一会儿，直到毕业前的那个晚上，她在长廊里她和文常坐的石凳上，用圆珠笔写下了几句话："文，要是你和云再分手了，就来找我。我买手机了，这是号码……"静写完了这些，呆呆地坐了一会儿，又把那些字涂去了，换成了另一句："让上帝保佑你们永不分手。"

一颗痴情、善良、渴望爱情的心，一直为爱在等待，在守候，默默地承担着相思之苦。为了心爱之人的幸福，她选择放弃，并给予最真诚的祝福，有时，放弃了的爱正是最深的爱。

去北京的人发现，北京果然好。他初到北京的一个月，什么都没干，竟然没有饿着。银行大厅里的太空水可以白喝，大商场里欢迎品尝的点心也可以白吃，他真是偷着乐。

命运掌握在自己手里

两个乡下人外出打工。一个想去上海，一个要去北京。在候车厅等车时，他们听到邻座的人议论说：上海人精明，外地人问路都收费；北京人质朴，见了吃不上饭的人，不仅给馒头，还送旧衣服。

想去上海的人听说北京人好，一想到挣不到钱也饿不死，庆幸车没到，不然一到上海真掉进了火坑。

要去北京的人想，上海好，给人带路都能挣钱，幸亏还没上车，不然真失去一次致富的机会。

于是他们在退票处相遇了，并换了一张车票。

去北京的人发现，北京果然好。他初到北京的一个月，什么都没干，竟然没有饿着。银行大厅里的太空水可以白喝，大商场里欢迎品尝的点心也可以白吃，他真是偷着乐。

去上海的人发现，上海果然是一个可以发财的城市，干什么都可以赚钱。带路可以赚钱，弄盆凉水让人洗脸也可以赚钱。只要想点儿办法，再花点儿力气都可以赚钱。凭着乡下人对泥土的感情和认识，第二天，他在建筑工地装了十包含有沙子和树叶的土，以“花盆土”的名义，向不见泥土而又爱花的上海人兜售。当天他在城区与郊区间往返六次，净赚了 50 元钱。一年后，凭着“花盆土”，他竟然在大上海拥有了一间小小的门面。

他在长年的走街串巷中发现一些商店楼面亮丽而招牌较黑，一打听才知道，是清洗公司只负责洗楼而不洗招牌。他立即办起一个小型清洗公司，专门负责擦洗招牌，慢慢地发展到拥有几百名打工者，业务也由上海发展到杭州和南京。

几年后，他坐火车到北京考察清洗市场。在北京车站，一个捡破烂的人把手伸向他，向他要一个空啤酒瓶，就在递瓶时，两人都愣住了，因为多年前，他们曾一同换过一次票。

命运往往是由自己打造的，正如哲人所说：“每人都是自身的设计师。”命运把握在我们自己手中，我们有权力掌握自己，有权力去开拓属于自己的精彩人生。

于是他们默默地继续爬楼，终于到80楼了！兴奋地来到家门口，兄弟俩才发现他们的钥匙留在了20楼的背包里了……

爬楼梯的人生哲学

有一对兄弟，他们的家住在80层楼上。有一天他们外出旅行回家，发现大楼停电了！虽然他们背着大包的行李，但看来没有什么别的选择，于是哥哥对弟弟说："我们就爬楼梯上去！"于是，他们背着两大包行李开始爬楼梯。爬到20楼的时候他们开始累了，哥哥说："背包太重了，不如这样吧，我们把包包放在这里，等来电后坐电梯来拿。"于是，他们把行李放在了20楼，轻松多了，继续向上爬。

他们有说有笑地往上爬，但是好景不长，到了40楼，两人实在累了。想到只爬了一半，两人开始互相埋怨，指责对方不注意大楼的停电公告，才会落得如此下场。他们边吵边爬，就这样一路爬到了60楼。到了60楼，他们累得连吵架的力气也没有了。弟弟对哥哥说："我们不要吵了，爬完它吧。"于是他们默默地继续爬楼，终于到80楼了！兴奋地来到家门口，兄弟俩才发现他们的钥匙留在了20楼的背包里了……

有人说，这个故事其实就反映了我们的人生：20岁之前，我们活在家人、老师的期望之下，背负着很多的压力、包袱，自己也不够成熟、能力不足，因此步履难免不稳。20岁之后，离开了众人的压力，卸下了包袱，我们开始全力以赴地追求自己的梦想，就这样愉快地过了20年。可是到了40岁，我们发现青春已逝，不免产生许多的遗憾和追悔，于是开始遗憾这个、惋惜那个、抱怨这个、嫉恨那个……就这样在抱怨中度过了20年。到了60岁，我们发现人生已所剩不多，于是告诉自己不要再抱怨了，就珍惜剩下的日子吧，于是默默地走完了自己的余年。到了生命的尽头，我们才想起自己好像有什么事情没有完成……原来，我们所有的梦想都留在了20岁的青春岁月，还没有来得及完成……

蒋子龙在他的《想当别人》中这样说道："对命运抱怨过多，就会生成许多不满足感。"每个人都曾经有过一个美丽的梦想，在追逐梦想的过程中，要坚定自己的信念，不管欢乐还是悲伤，不管成功还是失败，都是自己走过的路。

后来，小男孩渐渐长大，他深深地感谢这位让他重振信心的老师。高中时他还参加了全市的游泳比赛，得了亚军。

天使的翅膀

很久很久以前，有一个小男孩非常自卑，因为他背上有两道明显的伤痕。这两道伤痕，从他的颈部一直延伸到腰部，上面布满了扭曲的肌肉。所以，这个小男孩非常讨厌自己，非常害怕换衣报，尤其是上体育课。

当其他同学都很高兴地脱下又黏又不舒服的校服，换上轻松的短裤、背心时，小男孩只会一个人偷偷地躲在角落里，用背部紧贴住墙壁，用最快的速度换上衣服，生怕别人发现他有这么可怕的缺陷。

可是，时间长了，他背上的疤痕还是被同学们发现了。“好可怕呀！”“你是怪物！”“你的背上好恐怖！”天真的同学们无心的话语最伤人。小男孩哭着跑出教室，从此再也不敢在同学面前换衣服，再也不上体育课了。

这件事发生以后,小男孩的妈妈特地牵着他的手找到班主任。小男孩的班主任是一位很慈祥的女教师，她仔细地听着妈妈说起小男孩的故事。

“这孩子刚出生的时候就得了重病，当时本来想要放弃的，可是又不忍心，这么可爱的小生命，我们怎么可以轻而易举地把他丢掉呢？”妈妈的眼圈不觉就红了，“所以，我跟丈夫决定把孩子救活，幸好当时有位很高明的大夫，愿意尝试用手术的方式来抢救这孩子的生命。经过好几次手术，好不容易把他的命保下来了，可是他的背部却留下了两道清晰的疤痕，这是他曾与生命抗争的证明。”

第二天上体育课的时候，小男孩怯生生地躲在角落里脱下了他的上衣。

这时，所有的小朋友又露出了诧异和厌恶的声音：“好恶心呀！”“他的背上生了两只大虫。”小男孩的双眼禁不住湿润了，泪水不听话地流了下来。

就在这个时候,老师忽然出现了,几个同学马上跑到老师身边,比画着小男孩的背。

老师慢慢地走向小男孩，然后露出诧异的表情。

“老师以前听过一个故事，好想现在就讲给你们听啊！”同学们最爱听故事了，连忙围了过来。

老师指着小男孩背上那两条明显的疤痕，绘声绘色地说道：“这是一个传说，每个小朋友都是天上的小天使变成的，有的天使变成小孩时，很快就把美丽的翅膀脱下来了，可有的小天使动作比较慢，来不及脱下他的翅膀！这个时候，那个天使变成的小孩子，就会在背上留下两道疤痕。”

“那这就是天使的翅膀呀！”同学们指着小男孩的背部纷纷发出惊叹。

“对呀！”老师的脸上露出神秘的微笑。

小男孩呆呆地站着，原来流泪的双眼此时停止了流泪。

突然，一个小女孩天真地说：“老师，我们可不可以抚摸一下小天使的翅膀？”

“这要问问小天使肯不肯啊。”老师微笑着向小男孩眨了眨眼睛。

小男孩鼓起勇气，羞怯地说：“好！”

小女孩轻轻地摸了摸他背上的疤痕，高兴地叫了起来：“啊，好棒！我摸到天使的翅膀了！”小女孩这么一喊，所有的小朋友都拼命地跟着喊：“我也要摸摸小天使的翅膀！”

后来，小男孩渐渐长大，他深深地感谢这位让他重振信心的老师。

高中时他还参加了全市的游泳比赛，得了亚军。

他勇敢地选择了游泳，是因为他相信，他背上的那两道疤痕，是被老师的爱心所祝福的“天使的翅膀”。

孩子是敏感的，面对一些话语，小孩子的心理也许会受到创伤，这时，聪明的家长或者是长辈，就需要用理智而有效的方式来解决问题，弥补孩子心灵上的创伤，从而为孩子搭建一个健康的成长环境。

小孩子是最纯真无邪的，他们随口说出他们想说的话，根本不会意识到有些话会伤人。这时，作为老师，作为长者，就要很理智地来解围，既要消除受伤孩子心中的伤痛，也要培养起其他孩子的爱心来。

他确信已经没事了，但内心的犯罪感却与日俱增。他每天给老夫人送报纸的时候，她仍然微笑着和他打招呼，而杰克却觉得很不自在。

我打碎了一扇玻璃窗

故事发生在1954年的岁末，那时，杰克只有12岁。他是一个勤劳懂事的孩子，上学之余，还给附近的邻居送报纸，以此赚取他所需要的零用钱。

在他送报的客户中，有一位慈祥善良的老夫人。现在杰克已经记不起她的姓名了，但她曾经给他上的一堂有价值的人生课，他依然记忆犹新。杰克从来都没忘记过这件事，他希望有一天能把它传授给别人，让他们也从中得到教益。

在一个风和日丽的午后，杰克和一个小朋友躲在那位老夫人家的后院里，朝她的房顶上扔石头。他们饶有兴味地注视着石头像子弹一样飞出去，又像彗星一样从天而降，并发出很响的声音。

他们觉得这样玩很开心，很有趣。

杰克又拾起一块石头，也许因为那块石头太滑了，当他掷出去的时候，一不小心，石头偏了方向，一下子飞到老夫人后廊的一面窗户上。当他们听到玻璃破碎的声音时，就像兔子一样从后院逃走了。

那天晚上，杰克一夜都没睡着，一想到老夫人家的玻璃就很害怕，他担心会被她抓住。很多天过去了，一点动静都没有。他确信已经没事了，但内心的犯罪感却与日俱增。他每天给老夫人送报纸的时候，她仍然微笑着和他打招呼，而杰克却觉得很不自在。

杰克决定把送报纸的钱攒下来，给老夫人修理窗户。三个星期后，他已经攒下 7 美元，他计算过，这些钱已经足够了。他写了一张便条，把钱和便条一起放在一个信封里。他向老夫人解释了事情的来龙去脉，并且说出了自己的歉意，希望能得到她的谅解。

杰克一直等到天黑才小心翼翼地来到老夫人家，把信封投到她家门口的信箱里。他的灵魂感到一种赎罪后的解脱，觉得自己能够正视老夫人的眼睛了。

第二天，他又去给她送报纸，这次杰克坦然地对她说了一声："您好，夫人！"她看起来很高兴，说了"谢谢"之后，就递给杰克一样东西。她说："这是我给你的礼物。"原来是一袋饼干。

吃了很多块饼干之后，杰克突然发现袋子里有一个信封。他小心地将信封打开，发现里面装了7美元纸钞和一张彩色信笺。信笺上大大地写着一行字："诚实的孩子，我为你感到骄傲。"

富商李嘉诚也说："你必须以诚待人，别人才会以诚相报。"其实，成功，往往与诚实结伴而行。诚实是一个"好人"最基本的人格要素，也是做人最基本的道德要求。诚实是成功的基石，也是一个人走向成功的"路标"。

当班克斯读完“让我的眼睛再次看到这个世界的阳光”这句话时，良心的谴责使他的泪水汹涌而出……

我们会原谅你的

家住英国考文垂市的杰弗里是位地产商。1979 年，他的妻子乔治亚生了个男孩，取名盖洛普。长大后的盖洛普心地善良，爱帮助人。

2000 年 3 月 6 日，21 岁的盖洛普在驾车去田野写生时遭遇了车祸。去世前，已说不出话的盖洛普在父亲递给他的纸上写道：“让我的眼睛再次看到这个世界的阳光，我要捐献眼角膜！”遵照儿子的遗愿，杰弗里和乔治亚夫妇将盖洛普的眼角膜捐献给了一个器官移植机构。2000 年 12 月 17 日夜，一蒙面歹徒闯进了考文垂市郊的一座加油站，不仅用匕首刺伤了两个工作人员，还残忍地枪杀了一个巡逻至此的警察，同时掠夺了许多现金。警方很快将年仅 20 岁的凶手班克斯逮捕归案。令人感到意外的是，班克斯因角膜炎于 2000 年 3 月做了眼角膜移植手术，而移植的竟是盖洛普的眼角膜！

愤怒的杰弗里立即给报社写信，通过报纸强烈谴责那家器官移植机构。而器官移植机构则说，他们没有义务去调查等待器官移植的患者的个人资料，只是按登记顺序来决定由谁接受移植。

蹲在临时羁押所里的班克斯也从看守递给他的报纸上得知捐献眼角膜的盖洛普是一个非常优秀的青年，盖洛普的出众才华和热心帮助别人的种种事迹深深地震撼了他。他发誓："如果我死了，我愿意捐献自己身上一切有用的器官给那些需要它们的人，以此来偿还我欠下的血债。"但许多人并不相信班克斯的忏悔。2001 年 4 月 11 日，班克斯被判终身监禁。

一天，杰弗里夫妇来到监狱探望班克斯。"我们不是来看你的，而是来看儿子的！"乔治亚太太哽咽着说，"如果你能够洗心革面，我们会原谅你的，因为你的生命中有我儿子的一部分。"杰弗里先生将盖洛普临死前写的那张纸条递给班克斯看。当班克斯读完"让我的眼睛再次看到这个世界的阳光"这句话时，良心的谴责使他的泪水汹涌而出……

2001 年 8 月 5 日，班克斯和几名重刑犯坐在一辆警车上转移到另一所监狱，途中意外地发生车祸。班克斯是最后一个爬出车厢的，他看见 3 个重刑犯已控制了两名受重伤的警察，并用抢来的钥匙解开了手脚上的镣铐。班克斯知道自己不能够强行制止犯人的行为，于是急中生智假意附和他们；用钥匙解开镣铐，然后出其不意地将警察掉在地上的自动步枪抢到手上，逼迫企图逃跑的犯人放弃罪恶的计划。在与 3 个重刑犯的拼死搏斗中，他击毙了其中的 1 个，却被另外 2 个刺伤了腹部，好在 2 个受重伤的警察及时出手援助，他才得以活下来。

班克斯的事一时被媒体广泛报道。在对记者解释自己为何浴血制止罪犯逃跑的行为时，班克斯说："我在车祸现场见到了遍地的鲜血，于是不由自主地想到了将眼角膜捐献给我的盖洛普，我不能让盖洛普失望，让他看到的只是罪恶和黑暗！"

所谓："人非圣贤，孰能无过。"人走路有时都会跌倒，做事当然也会有过错。可跌倒了并不可耻，可耻的是赖在地上不肯走。"过而能改，善莫大焉"。同时，对已经改过的人，我们要慷慨地忘记他的过去，给他以鼓励与肯定！

大学生们在下面窃窃私语，有的还笑出声来，因为每一个政客都会这样表白，总是发誓说自己从来没有撒过谎。

我愿意为你拆一座亭子

政治家福克斯在美国历史上十分有名，他以诚实和守信立身，团结了许多公民。

但当时政坛上充满了欺骗，公民对政治并不感兴趣，他们认为政治就是撒谎，没有人比政客更会撒谎了。所以，有许多公民对福克斯的演说持怀疑态度。

一次，福克斯受邀参加某大学的演讲，大学生们问他："你在从政的道路上有没有撒过谎？"

福克斯说："从来没有。"

大学生们在下面窃窃私语，有的还笑出声来，因为每一个政客都会这样表白，总是发誓说自己从来没有撒过谎。

福克斯并不恼，他对大学生们说："孩子们，在这个社会上，也许我很难证明自己是个诚实的人，但是你们应该相信这个世界上还有诚实，它永远都在我们的周围。我想讲一个故事，也许你们听过就忘了，但是这个故事对我来说很有意义。

"有一位父亲是位绅士。有一天，他想让工人把园中的那座旧亭子拆了，而他的孩子对拆亭子很感兴趣，他对父亲说：'爸爸，我想看看怎么拆掉这座旧亭子，等我从寄宿学校放假回来再拆好吗？'

"父亲答应了。孩子上学后，工人却很快把旧亭子拆了。

"孩子放假回来后，发现旧亭子已经拆除了，于是闷闷不乐地对父亲说：'爸爸，你对我撒谎了。'

"父亲惊异地看着孩子。孩子说：'你说过的，那座旧亭子要等我回来再拆。'

"父亲说：'孩子，爸爸错了，我应该实现自己的诺言。'

"父亲很快召集来了工人，让他们按照旧亭子的模样重新在原地造了一座亭子。

"亭子造好后，他叫来了孩子，对工人们说：'现在，你们开始拆这座旧亭子。'

福克斯又说："我认识这位父亲和孩子，这位父亲并不富有，但是他却为孩子实现了自己的诺言。"

大学生们问："请问这位父亲叫什么名字？我们希望认识他。"

福克斯说："他已经过世了，但是他的儿子还活着。"

"那么，他的孩子在哪里？他应该是一位诚实的人。"大学生们问。

"他的孩子现在就站在这里，就是我。"福克斯平静地说，"我想说的是，我愿意像父亲一样，为了自己的诺言为你们拆一座亭子。"

言罢，台下掌声雷动。

父母是孩子的第一任老师，对孩子的成长有着潜移默化的影响，就像福克斯父子。为了实现自己的诺言，福克斯的父亲把拆了的亭子又建起来，这让福克斯从小学会了如何诚信待人，并把这个信念坚持了一生。可见，父母从小对孩子的教育是多么重要。

这对我真是致命的打击。由于怀疑心作祟，我发现同人们不仅不再如以往那般和善，而且常常在我周遭窃窃私语、指指点点。

无语人世

多年前的一场意外，使我由正常人变为喑哑残障，其中的人情冷暖，常令我垂泪。坦白地说，我对人性是有些失望的，尤其在工作上受到的排拒和冷漠，使我几乎提不起求职的勇气，但生存的问题，逼得我必须再三去怀抱希望，再三接受被拒绝的打击和刺伤。

辗转多次之后，我透过社政单位的安排与推荐，进入一家新闻传播机构任职。由于负责静态资料的管理，不仅非常适合我，且我能胜任，同事对我也非常友善、关怀，使我对人生又充满了期望和生之勇气。

然而发生了一件轰动的新闻事件，同人们为了抢新闻、发布新闻，大伙莫不忙得鸡飞狗跳。为了配合新闻报道，我这资料、档案的调卷管理霎时变得非常重要，要不断地推出背景资料以提供新闻后勤支援。由于同人们要求资料支援非常急迫，此时我的喑哑残障带来了工作上沟通的障碍和难度，不仅延误了宝贵的时间，也出了不少差错。

事后，同事们的抱怨，使得单位主管重新考虑我在此工作上的适宜性，因此，有了将我调离职守之意。这其实不仅为了单位，也为我好。但我实在舍不得离开这个我热爱的工作，我急急跑去向主管拍胸脯保证，我可以认真学，可以在速度上加快。

从主管的眼神、表情中，我得悉我是不可能再待在此工作了。这对我真是致命的打击。由于怀疑心作祟，我发现同事们不仅不再如以往那般和善，而且常常在我周遭窃窃私语、指指点点。

以往，同事们有任何活动都会邀我参加，但最近他们每星期一、三、五晚上都有活动，地点就在办公室，却再也不通知我，我也故意装作不知道。但憋着实在难过，我便趁着一个晚上他们办活动时，故意装作东西忘在办公室而前去拿取。

当我打开大门时，他们都吓了一大跳，而我更是吓了一跳。原来他们不是在办土风舞、桥牌、插花或纸雕等活动，而是请了手语教师在教他们手语，不仅单位同事个个都到齐，连单位主管也到了。

他们为了改善与我在工作沟通上的问题，每个人都放弃了休闲时间，认真地学手语，来迁就我，配合我的工作，原来为了不把我调走，他们付出许多的心血和包容。

第一次，我发现自己的无知，也发现人性的崇高和真诚；第一次，我流下的不是怨恨、感伤的泪水，而是感谢的泪水。

当你面对不幸时，有人肯陪着你一起面对不幸，这样的情感是真挚而崇高的。这样的爱与温暖，超越生死，升华灵魂。

看到老师为我哭泣，我心里很震惊，低着头说：“周老师，您为我费心了。我就是一个坏孩子，改不好了。”“别胡说，老师还没有放弃，你怎么能自暴自弃？”

在爱的阳光下，不再流浪

我刚刚度过十六岁生日，在颠沛流离的流浪岁月里我把自己弄丢了，儿时的名字遗失了，亲人的音容笑貌模糊了，只依稀记得故乡在南方一个叫重庆的地方。

我六岁那年，在河北省邯郸市一个破旧的小旅馆里，妈妈将我卖给了一个中年男人。被那个男人拉走时我惊恐地哭喊着：“妈妈，救救我！”但她忙着数钱，头都没有抬一下。那一刻，“母亲”两个字在我心里彻底坍塌了。

养父是河北晋县（今晋州市）的一个养鸡专业户，买我是为了传宗接代。我慢慢爱上了这个家，因为养父送我上了学。上学真快乐啊，有好多小朋友在一起学习玩耍。我拼命地学习，每次考试都是前三名，在县里的作文比赛中还获得过一等奖。然而，我十一岁那年，养母生下了一个小弟弟，他们为了逃避计划生育的罚款，把我扫地出门，让刚出生的孩子顶替了我的户口。

我知道这个家再也不会收留我了，天下之大，哪里是我栖身的地方？我漫无目的地走了一天，傍晚才跟着一群民工登上了去石家庄的车。一个十一岁的孩子填饱肚子非常艰难，连在街上乞讨也要分地盘，为此到底挨了多少次打我自己也记不得了。一次次的伤害，使我变得冷酷起来。我参加了一个盗窃团伙，跟着他们抢劫、盗窃。我的破棉袄兜里总揣着一块石头，有时为了一个烂苹果也会与人拼命，因此很受老大的器重。我的脸上伤痕累累，于是我得了“刀疤”的绰号。

2001 年冬季，我正在垃圾箱里捡废品，遇到了一个与父母走散的小女孩。听着小女孩绝望的哭声，我一下子想到了自己的悲惨遭遇。我是贼，一直很害怕警察，但还是硬着头皮带她来到了派出所。在警察的帮助下，小女孩找到了父母。小女孩的母亲得知我是个流浪儿后非常同情我，把我送到了专门收留流浪儿的石家庄市少保中心读书。这位好心的阿姨姓张，我给自己取了一个属于自己的名字——张陶帅。

接待我的是周楠老师，她温和的声音非常好听，上课前她特意表扬了我：“张陶帅同学是因为帮助与父母失散的小女孩才来我们中心的，我相信他一定会很快适应这里的生活，成为我们班的模范同学。”

我想做个好孩子，但这些年已经野惯了，总是控制不了自己。进中心时我的刀子被没收了，我就把新发的牙刷磨尖充当匕首，逼着同学给我叠被子，还必须定期给我进贡好吃的东西。

为了监督我并帮助我改掉坏毛病，周老师干脆住在中心，我知道她是为我好，但还是感觉特别烦。我开始怀念无拘无束的流浪生活，决定想法逃出去。我找到新到少保中心的三个流浪儿，动员他们跟我一起出逃：“我在这儿半年了，一点儿也不自由。出去以后跟着我，我保证让你们吃香的喝辣的。”当天晚上熄灯时，我们悄悄翻墙头逃了出去，没想到一落地我就踩在一块尖石头上，我的脚崴了，疼得满地打滚。周老师找到我时流泪了，她说：“孩子，你什么时候才能懂事啊？”

看到老师为我哭泣，我心里很震惊，低着头说：“周老师，您为我费心了。我就是一个坏孩子，改不好了。”“别胡说，老师还没有放弃，你怎么能自暴自弃？”周老师把我送到了医院，二十四小时守在我身边，经常从家里带好吃的给我改善生活。卸去石膏后，医生说热敷和按摩有助于康复，周老师就打来热水给我泡脚，然后轻轻地给我按摩受伤的部位。要知道我长这么大，除了挨打挨骂没有得到过一点温暖，连妈妈也没有给我洗过脚啊！看着周老师，我大哭起来。那一刻我不知道该怎样表达心中的感激，只是一遍遍喊着：“妈妈，妈妈，妈妈……”

我一直在写日记，想把那些悲惨的经历记下来，作为长大之后惩罚那些虐待过我的大人的依据。在扉页上，我用粗笔写着：“唯有将那些把我推向苦难的人杀死，才能抚平我受伤的心灵。”

一天作文课上，我把日记本交给了周老师，请她阅读我尘封多年的心。周老师读完之后把我拥在怀中，说：“孩子，你写得太好了，老师一直在为你的悲惨遭遇流泪。但你知道吗？一只背负着沉重包袱的小鸟是无法展翅高飞的，你也一样。让老师帮你改掉扉页上的话好吗？”周老师认真地写下：“忘却仇恨，才能真正获得新生。期待你卸下包袱，成为一只高飞的雄鹰。”

我知道，自己现在就是朝着雄鹰的目标前进。

人性本善，那些犯过错误的孩子，他们的心里也埋藏着善良的种子，只要给予爱的雨露，种子便会生根发芽，长成参天大树。每一个人都有善念，只是这些善念有时候需要人去挖掘。只有激发善念，才能使人迷途知返，重新走上正确的人生道路。

五年的日子是灰暗的，这期间，还是这位六十多岁的养母，千里迢迢，奔到他服刑的监狱，探视他。望着已经风烛残年的养母，他有些痛心，觉得有些对不起她。

爱谁都值得

他原本是一个弃婴，二十年前被一个女人抱回家。

这家就夫妻俩，四十岁上下，膝下无儿无女，住在这座城市的边上。他们的日子过得很艰难，丈夫有病长年卧床，女人常常靠出外帮别人做事或者去城郊捡破烂养家糊口。然而，这家人对孩子并不薄，视如己出，虽然苦巴巴的，还是买了奶粉鸡蛋，一路把孩子拉扯大。

长大后，小学没念几天，他就不上学了，跟着一帮孩子胡混。刚开始，他还回家，后来，一看到养父病恹恹地躺在床上，养母头发蓬乱地忙这忙那，他就有点烦这个家了。有一次，在城里的公园，他跟几个孩子抢了民工的钱，结果被抓了起来。放出来后，他想，如果那个家有一点嫌弃他，他就彻底地离开。然而养母依旧亲热地待他，就像什么也没有发生一样。

之后，他的养父死了。他的养母也越发老了，像风中的蜡烛，头发花白而凌乱，容颜也愈加憔悴了。到了就业的年龄，他没有找到工作，一天到晚四处瞎转。结果，因为一次合伙抢劫，他被判了五年。五年的日子是灰暗的，这期间，还是这位六十多岁的养母，千里迢迢，奔到他服刑的监狱，探视他。望着已经风烛残年的养母，他有些痛心，觉得有些对不起她。

出来后，他并没有回到养母所在的那座城市。他辗转了好几个地方，最后在另一座城市待了下来。几乎没有安稳几天，他便又和当地一些不三不四的人勾搭到了一起。这一次，他们要做一宗大买卖——抢运钞车，然而，蹊跷的是，那天他们一伙人几乎就要得手了，结果他负责引爆的炸药，竟然没缘由地哑了火。

炸药没有爆炸，运钞车安然无恙，周围的人安然无恙，而他们却被警方抓获了。在警方的询问中，他交代，他之所以没有引爆炸药，是因为在即将点燃引线的一刹那，他发现旁边有一个蹬三轮车的白发蓬乱的老女人，像极了自己的养母。

他的这一闪念，引起了警方的注意。通过当地派出所查询，得知他的养母还活着，警方便千里迢迢把他的老母亲接来，安排与他见面。当养母看到自己儿子的时候，便一下子扑上去抱住了他，母子俩抱头失声痛哭。养母说："你的事情，警察都和我说了。"

他哭得愈加不能控制了，他说：“妈妈啊，儿子对不起你，对不起你这么多年含辛茹苦的抚养，我这样狼心狗肺的家伙，辜负了你这么多年的爱。”他接着有些撕心裂肺地喊道：“妈妈，你爱错人了……”

“不，”养母拢了拢头发，接着说，“妈妈并没有爱错人。是的，在这之前，妈妈也曾伤心过，对你几乎已经不抱什么希望了。但是，这一次你所做的，让妈妈知道了，妈妈并没有爱错你！”

故事的结果很简单。漫长的刑期之后，他也已经一大把年纪了，在一个偏僻而陌生的城镇开了一家小吃店。没有人知道他是从什么地方来的，原来是干什么的。那里的人们所知道的是，他接济过不少需要帮助的人，是一个很有善心的人。

死之前，他把他的那家店留给了一个孤儿。他给这个孤儿的遗言只有一句话，据说那句话还是他的养母留给他的——这个世界，爱谁都值得。

爱是真挚而又纯净的，无论对象有无对错，爱本身便是如圣泉一般清澈，笼罩着圣洁光辉的。爱是无私的，是透明的，是光辉的，其普照着任何一个人。当爱流过人们心底时，便有满盈的感动与善意传递。

我们中有许多人都是这样，疼爱我们的父母亲把我们抚养成人，从没有用嘴说过“爱”字，而我们正是在照着父辈们的样子来对待我们的孩子。

被爱的感觉

下班后，当约翰回家走进客厅，12 岁的儿子抬头望着他，说“我爱你”的时候，他竟无言以对。足足有几分钟，约翰站在那里，打量着儿子，等着他说下去。

约翰首先想到的是：儿子肯定想要我帮他做作业了；要么是求我给他点零花钱；再不然，就是他做了什么坏事，却装着很乖的样子来告诉我。

终于，约翰问道：“你想干什么？”

儿子笑着跑了出去。约翰叫住他：“喂，到底是怎么啦？”

“没什么，”儿子嬉皮笑脸地说，“我们生理老师让我们对父母亲说‘我爱你们’，看父母怎样回答我们。这是个实验。”

第二天，约翰跟儿子的老师通了电话，想知道这“实验”究竟是怎么回事。说实话，他更想知道其他孩子的家长是什么反应。

“大多数父亲都跟你的反应一样，”儿子的老师说，“当我第一次提出这个建议的时候，我问孩子们，父母会怎样回答呢？他们都笑了起来。有两个学生说，他们肯定会吓出心脏病。”

也许，有些家长会反对老师的这种做法。一个初中的生理老师最好还是去告诉孩子们注意饮食的平衡，以及正确使用牙刷等等，“我爱你”跟生理老师有什么关系？这是父母和孩子之间的私事，别人管不着。

“问题在于，”老师解释说，“感觉到被爱是身心健康的一个重要方面，这是人类的需要，我一直在告诫孩子们，不把这种感情表达出来是很不好的，不仅仅是大人对孩子，男孩对女孩，而且，一个男孩子也应该能对他父亲说句‘我爱你’。”

这位中年男教师很理解现代人的心态，有些话明知道很好，但又很难说出口。我们中有许多人都是这样，疼爱我们的父母亲把我们抚养成人，从没有用嘴说过“爱”字，而我们正是在照着父辈们的样子来对待我们的孩子。

那天晚上，当儿子用那种一天比一天敷衍的口吻向约翰道晚安时，他抓住了儿子，回了他两个吻。没等儿子逃掉，约翰用男子低沉的嗓音对他说：“喂，我也爱你。”

约翰感到很幸福。

爱，是全球语言之中最为美丽悦耳的那种；爱，可以如小溪，潺潺流动，明亮欢快；爱，可以如大海，深沉含蓄，博大宽容……爱如果存在于我们的心中，那么我们就要及时表达出来，让爱我们的人也知道，我们是爱着他的。只有将爱传递出去，我们的世界才会更加美好。

幸福是什么？幸福就是有爱的包围，有爱的感觉，只有充分地感受到爱，充分地将爱表达出来，那么我们的生活才是幸福的。

爱不需要轰轰烈烈，平淡的爱，流转在人与人之间，默默地包围着我们。这样的爱和感动，会深入到人们的内心深处，让人们的生活更加美好。

心中有爱，就要学会表达，表达给爱我们或是我们爱着的人，让爱如山泉一般在我们的心灵之间流动。心弦，悄然拨响，感动，油然而生。

母亲的一生虽然风平浪静，但是总不满意，不快乐，一张脸苍老疲惫，皱纹纵横交错。婆婆的一生跌宕起伏，但因凡事都乐观，宽大的心胸让她越老越添风韵，成了一个魅力十足的漂亮老人。

给生活一张漂亮的脸

她们是我的亲人。

第一个女人天生丽质。据说小时候她曾被抱上戏台，扮秦香莲的女儿。待化上妆，个个啧啧称赞:“这丫头，长大准是个美人！”果然，她越大越漂亮，柳叶眉杏核眼，樱桃小口一点点。可惜父母早丧，哥嫂做主把她嫁给一个老实巴交的农民。她自叹命苦，常常蓬头坐在炕上，骂天骂地，骂猪骂鸡，骂丈夫儿女。

一切都让她心灰意懒，她的最大爱好就是算命。我还记得她一边拉着风箱生火做饭，一边把两根竹筷圆头相对，一端抵在风箱板上，一端用三个指头捏定，嘴里念念有词。眼看着筷子朝上拱，或者朝下弯，“啪”地折断，吓我一跳。我问她在干什么，她说算算什么时候咱们才能过上好光景，穿新衣，吃好饭……

所以她的心情基本有两种，不是发怒就是发愁，发怒的时候两只眼睛使劲往大睁，发愁的时候两个大疙瘩攒在眉心。

第二个女人和第一个正相反，年轻时绝不能说漂亮。黑黑的皮肤，瘦骨嶙峋，看不出一点美丽。当时家境贫困，父亲卧病，她是长女，早早就挑起生活的重担，饱受辛苦和磨难。

后来她也嫁给一个农民，穷得叮当响，连栖身之处也没有，无奈借住在娘家，东挪西借盖起几间遮风挡雨的房子。结果没等他们住满三年，顶棚和墙壁还白得耀眼，弟媳妇前脚进门来，后脚就把他们踢出门。

两口子只能再次筹钱盖房。旧债未还，新债又添，他们不得不咬着牙打拼。丈夫在外边跑供销，四季不着家，家里十几亩农田不舍得扔，女人就在当民办教师之余，一个人锄草浇地，割麦扬场，给棉花修尖打杈。7月，烈焰一般的太阳烘烤大地，她放了学就往大田里赶，一头扎进去。两个孩子，一个七岁，一个五岁——负责做饭。时间到了，女人草草回家吃一碗没油没盐的饭，接着往学校赶。

他们终于又盖起一处体体面面的新房，大跨度，大玻璃窗。儿子心有余悸地问：“妈，人家会不会再把咱们赶出来？”她眼一瞪：“敢？这是咱家的地盘！”没想到人算不如天算，新房子压住了规划线，立时三刻又要拆迁。她哭都没力气了，一个字：拆！

往后倒退三米，她一咬牙：再盖！

拆拆盖盖中，转眼十几年。这样苦，这样难，她也不怨天尤人，最爱说的一句话是：“哭也是一天，笑也是一天，为什么不高高兴兴过日子呢？”如今她一家都搬离农村，进了城。她也老了，反而比年轻时更好看。

这两个女人，一个是我母亲，一个是我婆婆。

当有一天她们亲亲密密坐在一起时，我才发现岁月分别给予了她们什么：我婆婆是一张笑脸，我母亲是一张哭脸。母亲的一生虽然风平浪静，但是总不满意，不快乐，一张脸苍老疲惫，皱纹纵横交错。婆婆的一生跌宕起伏，但因凡事都乐观，宽大的心胸让她越老越添风韵，成了一个魅力十足的漂亮老人。

从这两张脸上，我见识了什么是时间的刀光剑影，也明白了什么叫真正的“相由心生”。

生活就是这样一种东西：你用笑脸对它，它就还给你一张恒久温暖的笑脸；你用哭脸对它，它就会把这副哭脸毫不客气地贴回到你脸上。对一个女人而言，把美丽留在脸上是一项艰巨的工程。多少人热衷于护肤美容，却忽略了心灵的力量。

所以，就算再艰难，为了自己的美丽人生，我们还是要一边痛着，一边笑着，还给生活一张漂亮的脸。

并不是生活选择了我们，而是我们选择了生活。你有什么样的生活，其实最重要的是取决于你自己的心态。生活其实都是美丽的，就看你能否发现生活的美。

生活有时候很艰难，但是这份艰难也不是不可以克服的，我们哭着面对不如笑着接受，这样你的生活再艰难，也不会影响到你的心情。高高兴兴地过日子，你的生活就是幸福的。

我们的生活有可能一帆风顺有可能充满曲折，面对好的生活，我们往往能表现得很快乐，但是面对艰苦的生活，我们往往会愁眉苦脸。其实生活都是一样的，只是看你的心态。如果在困苦的生活中，还能保持一种乐观的心态，那么艰苦的生活也会变得一帆风顺。而如果在一帆风顺中也整日愁眉苦脸，那么就算再平顺的生活，也会变得艰难。

其实，面对生活，心态最重要。

依稀记得这么一句话，你想要生活有多幸福，它就有多幸福。“哭也是一天，笑也是一天，为什么不高高兴兴过日子呢？”老太太质朴的话却道出了生活的真谛。我们都难逃时间的刀光剑影，可有什么比拥有一颗年轻、充满活力的心更重要的呢？

她眼角的皱纹比往日更深，手上的青筋更重，但朴素的衣着却格外美丽、合体。她目不转睛地看着你，已经看了十五年，仍然看不够。

平民子弟的生日

今天是你十五岁的生日，但你并不怎么快活。坐出租车时，你已经有点扫兴了，因为父母笨手笨脚的姿态，让司机一眼就看出他们不常打车。不少同学的家里都有小汽车了，而你的父母仍然骑着老式自行车，车把那儿有个铁丝筐，运一些白菜萝卜、油盐酱醋。此时躺在爸爸怀里的蛋糕盒，可能也是那种小破筐驮来的。

到了地方，你更加失望，原以为是一个豪华的所在，就像同桌小杰过生日时去过的星级酒店，谁知竟是如此普通的餐馆。陪客也不重要，是父母的朋友，一对老实巴交的夫妇，举止比父母还要拘谨。

餐桌上，四个大人沉闷地谈一些陈年往事，仿佛他们到这里来，不是为了给你过生日，而只是为了怀旧。你插不上嘴，也没兴趣插嘴。想象中的生日惊喜一点迹象看不出来，除了那盒貌不惊人的蛋糕，可是它也算得上惊喜？它暂时被搁置在餐馆的窗台上。窗台小，盒子大，盒子的一部分没地方待，只好没着没落地悬着。

吃完饭，打完包，清理干净桌面，蛋糕终于摆上来了，上面用人造奶油松松垮垮写着四个字——“生日快乐”，连你的名字都没有。

是不是少写几个字，就能省点钱？

蜡烛被你匆匆吹熄后，妈妈小心翼翼把它们拔出，擦净，用原来的包装盒重新装好，喃喃地说：“还能用呢。”天哪，可不要等到明年继续用，你心想。

爸爸在蛋糕上选了个花纹比较多、比较漂亮的地方，开始切分。第一块本以为是给你的，不料却给了张阿姨，第二块给了王叔叔，第三块才给了你——今天真正的主角，理应最受重视的小寿星。

你绷着脸，抓起叉子，准备把蛋糕狠狠吞进肚中。你猛然听见，爸爸让你起立，向叔叔阿姨行礼。你茫然，很不情愿地起来，两眼斜视，望着墙壁。这时爸爸说：“十五年前，生你那天，是阿姨送妈妈去的医院。”

噢，原来如此，那就行个礼吧。

阿姨慌忙阻拦说：“孩子，你应该给你母亲行礼，你出生那天，她还坚持上班，一下子就晕过去了。你要为母亲自豪，她很坚强，她让你来到世上。”

母亲有些激动，坐不安稳，被桌子碰了一下，露出痛苦的神色。于是你想起，先前她为你买蛋糕时，不慎跌伤了腿。她眼角的皱纹比往日更深，手上的青筋更重，但朴素的衣着却格外美丽、合体。她目不转睛地看着你，已经看了十五年，仍然看不够。

你脸颊发烫，周身发烫，你发现，你也看不够母亲，看着看着，泪水滴了下来。

你把椅子拉开，使空间增大一些，然后，深深地给母亲鞠了一个躬，又深深地给父亲鞠了一个躬。

你攥住拳头，用指甲紧抠手心，暗自决定：今后每逢生日，都要郑重鞠躬，感谢父母，感谢生命，感谢一切有助于你生命的人。

你轻轻端起盘子，把自己那块蛋糕送到父母跟前。

在生命的历程中，我们体验着各种爱，然而，这个世界上，最崇高、最无私的爱，莫过于父母之爱。

对于儿女来说，父母，永远是天底下最伟大的人。在生日的那天，向我们的父母深深鞠一个躬吧，感谢他们用无尽的爱，呵护着你的生命，营造着你的幸福。

我仍然是村里的金凤凰，作为村里的第一个大学生，想当年也是一方人物，入学时虽说不上全村出动，我带给他们的震撼也是难以形容的。

山村和城市之间

我24岁，女孩，不是很漂亮，要面子，在城市的医大里读研二，每月领206元的补助，来自偏远的山村。在这个城市，我的高中和大学的同学中许多已经拿几千元工资了。每当他们来“扶贫”时，总是帮着我安慰自己，将来可能有更灿烂的前途，还和近处每月只领百儿八十的下岗工人做比较；说我还年轻，他们已经老了，又要照顾老小，真正的比上不足，比下有余。

于是我笑得很开心，与来自城市的孩子一样，吃食堂，穿牛仔，讲着已经不带多少乡音的普通话，在校园和整个城市的街道上穿行。与同伴逛街时我不落下任何一个精品店，不忘记去试看中的衣服，价钱太贵时就拼命地合伙挑毛病，惹得有我家乡口音的售货小姐一个劲儿地送我们白眼。我进“紫澜门”，就点名要黑色的亚麻长休闲裤，再去试那些漂亮但价钱高得我不敢看的裙子，然后遗憾地离开；进“石头记”（一家卖各类石头的首饰店），看完一圈就说找不到想要的心形紫萤石。

我们的公共课都在一起上，本科的基础也差不了多少，甚至比一些同学的基础更牢固，学习也没有太大的压力。大家一起嘻嘻哈哈，考试过关就可以了，没有任何的利害冲突，所以必要时可以互助合作。每个人的专业不同，平时顶多是谈论实验顺利或者不顺利，除非碰上跟自己的课题有些联系的才深入探讨一下。大部分的工作时间我都要泡在实验室或者图书馆，养老鼠，查资料，做实验。说起来事情清淡得像没放盐的小菜，做起学问来有时是图书馆帮不上的，需要协调各个实验室的时间，与其他同学的实验先后以及其他的情况。校园的环境再单纯也是一个社会，我们就在这里长大，长成将来可能的专家和中流砥柱。

几年的磁带、VOA 和 BBC 听下来，我的口语也能让老外听懂了。于是我可以通过学校或者朋友甚至自己联系到一些轻松又可以赚钱的活，比如翻译点材料，在某个会上帮忙，像个白领似的出入于大型的酒店和会议厅，有工作餐可吃，有纪念品可拿，还有将来可以跟大家说某个酒店的什么菜味道还可以，某个汤比较难喝。领了外快我也可以去安慰自己，买个漂亮的发卡，照《ELLE》或《上海服饰》的样子别在短发上赶回流行。

我们的资料有时得上网查，于是我也会打着查资料的名义出去与网络打交道。办公室的局域网速度慢不说，还不自由，我不敢聊天，不敢看五花八门的消息，唯恐被导师瞅见了落个不专心的“美名”。即便他不说，笑着看到你在聊天也够受的。我有QQ，有e-mail，有够酷的网名，在“榕树下”任意发表评论，还尝试着投稿，可以碰到什么人讲什么话，惹得网友笑或哭，也被惹得笑或哭。当然，真哭假哭就不在可以在意的范围了。我还会跟聊得投机的朋友交换电话，听听声音，说一些让自己生气或快乐的琐事，有事时还可以请求帮助。我甚至还有了一个哥哥，知道他的许多，也随时像个小妹妹一样碰到不顺心的事就打电话发火，要求一些安慰和鼓励，而不必担心被周围的人看笑话。

我看《小说月报》，看《英语世界》，知道尼采快乐的智慧源泉，也知道几个弗洛伊德分析的梦，还从《圣经》里挑了个英文名字。我看琼瑶、莫小米和西岭雪的书，并且为主人公的爱情感叹叫绝，也对他们的爱情嗤之以鼻。所以床头上是《读书》压着《挪威的森林》，名侦探柯南与福尔摩斯为邻，还有一本《基因工程原理》挨着日记本。

我自以为在城市里的六年已经让自己多少具有了“小资”的情调，虽不敢奢望平民变贵族，脾气倒是长了些许。

但是……

每当我在街上碰到那些在写着家教字样的小黑板后面的黑黑

的面孔和期盼的眼神时，几年前本科时，自己刚走进这座城市的样子才偶尔在脑海里闪过。我刚到校时穿的那件花衬衣和塑料凉鞋早就不知丢到了哪里，但照片里的自豪是什么也遮挡不住的。在整个过程中，我笑得很开心，至少表面上看来是这样的。事情的重点往往在“但是”之后。

在村里。我已经是老姑娘了。几乎每一次回家都会有人说:“这学得上到什么时候呀,谁家闺女的孩子已经会打酱油了,你还上学，也不着急？”对此，我是一笑了之，不会像以前那样红着脸不会解释。但是，我仍然是村里的金凤凰，作为村里的第一个大学生，想当年也是一方人物，入学时虽说不上全村出动，我带给他们的震撼也是难以形容的。尤其是我的专业，在那个方圆十里只有一个赤脚医生的地方，无疑是绝对的权威。每当我在家，家里总是络绎不绝，所有的人都把我当成了专家，他们压根就理解不了为什么大学生都学了一年医，还不会看病。邻村的一个女孩去乡卫生所待了三个月，现在就在家里给人打针看病。

现在,我的父母很为我感到骄傲。每当有人向他们说好福气时，那满是皱纹的脸上的光彩真是由衷而来，灰白的头发也显得格外精神。只有我和我的父母以及类似于我的经历的人才知道这种骄傲的后面是什么。当然，那许多善良的乡亲也明白，只是不愿挑明而已。

我是第一届并轨的学生，那一千多元的学费是家里几年的生活费。父母用健康和汗水把女儿送到了这个城市时，一个小布包里包了学费，也包了满满的紧张和兴奋，还有全家人的日子。父母总说，在家里怎么也好说，可出去就得靠钱来支撑了。

感谢我的父母，他们一直教我自己处理几乎所有的事情，包括我在小学时与人打架，也被告诉你已经是大人了，就得像个大人的样子，别有点什么事就去哭着找爹娘。他们那时是无暇顾及我，光忙生活就累得要命，但是他们的无意正是有意地让我成人。我在大学里顺利得很，过四六级，搞活动，拿奖学金，入党，还仗着山里姑娘的体格在运动会上露露脸。我也打工，做家教，端盘子，伺候临终的病人，我是大人，所以知道计较什么，不计较什么。没有可以撒娇的童年怕什么，最可怕的是没了美好的童年，又丢了美好的将来。

所以，我决定留在城市里，并不单为将来自己的孩子有个好童年，更重要的，学医，要有好的器械和学术氛围。假使毕业后回家，不用五年，我将与邻村的小女孩无异，要单为这个将来，我用不着也不敢拿全家的日子来熬这五年的时光。我负不起这个责任，也没有这个胆量。

很明显，我不可能很容易地在这个城市当一名医生，我想努力，但不知道该往哪个方向使劲，我的唯一选择是考研。当我告诉父母我的决定，他们知道我不能在大学五年后帮他们一把，减轻他们的负担时，脸上的失望是显而易见的。但听到父母在长长叹息之后的那声“上吧”，我告诉自己，报名是最后一次用父母的钱，以后，我要挣钱给他们花。

真正的人走多远，就看多大的天。我现在的机会很多，许多事情应付起来也是日渐熟练，并且课题也很顺利，我对所学专业的兴趣也日渐浓厚，所谓的事事都顺心吧。

现在回家，仍然来问事的乡亲会对父母说：“你们可真是有福气，闺女在城里是个大医生，回来还挑水，锄地，干啥都没问题。”我没法向他们解释组织胚胎学，医生就医生吧，从村子里出来，锄地怕啥，又不是不会干。我不能让他们说瞧谁家的闺女，才出去几天就端起来了，也不想一下爹娘在家受的累。

我来自农村，将生活在心中的城市，连同我的父母一起。

现在，我在未来的路上。

山村里的孩子，从家乡的山水中走入城市，肩上的责任使得他们成熟。家中父母的殷切希望，是他们目光坚毅的原因。这些父母虽然不能给孩子带来宽裕的生活环境，却教会他们：勤劳是致富的唯一机会。

入哈佛大学之后，我又通过不同途径找到了各种经济资助。到头来，我在哈佛读书的六年里，非但一分学费未缴，还挣到 40000 多美元的奖学金！

先进去再说

上哈佛大学是我的梦想，但入学哈佛却颇令我犹豫了一番。

1986 年，我在申请入哈佛大学的同时，还申请了另外六所美国大学，其中最早录取我的学校是克拉克大学。这所大学的心理系在美国相当出名，这所学校是心理学大师弗洛伊德在美国唯一到访过的学校。

克拉克大学于 5 月下旬就正式通知录取我，并给了我很好的待遇——不仅免除全年的学费，还提供四年的助学金。（需要我为系里做一些事）这样条件优厚的录取信让我兴奋了好几天。过了些日子，我盼望已久的哈佛大学教育学院的录取信也来了，但校方只给 6500 美元的学费奖学金，而且只是给当年的。这意味着我不仅没有得到丝毫的助学金，还要补缴 4000 美元的学费（哈佛大学当年的学费是 10500 美元）。

到底是上哈佛大学，还是上克拉克大学？那几天，我陷入了抉择的苦恼。为此，我找到 Palubinskas 教授，征求她的意见。

她首先问我："这两所学校，你更喜欢哪一所？"

"当然是哈佛。"我不假思索地回答。

"可哈佛才给 6500 美元的奖学金，这实在是太少了。"我接着说。

"是啊，6500 美元的奖学金是少了点，但这可是哈佛呀！"她笑着说。

"但是，"我想了想说，"如果一共缴 4000 美元，我还承受得了；如果年年都缴 4000 美元的学费，我可惨了去啦！"

"你有没有找哈佛教育学院学生资助办公室的人员了解一下情况呢？"她再问。我摇摇头。

"那你就去了解情况吧，"她语气坚定地说，"我敢打赌，你一定会得到进一步资助的。"

"你为什么这样说？"我兴奋地问。

"因为你不对学校表现出充分的诚意，它怎么会愿意进一步资助你呢？"她两手一摊说。

"对呀！"我感到茅塞顿开，深深地点头说，"我明天就去进一步了解情况。"正当我要出门时，她叫住了我问："我感到你怎么有些垂头丧气的？”

“是啊，”我长叹一口气说，“这选择也太难啦，搞得我几天都心绪不宁。”

Palubinskas 教授摇摇头说：“不对，你应该感到高兴才是，至少你现在有两个选择。我真希望我当初读博士时也有你现在的两个选择。这就好比有两个姑娘同时在追求你，总好过一个姑娘追求你吧？”

她的话令我的心情顿时开朗起来：对呀，这被追求的感觉总好过被拒绝的感觉吧！

第二天一大早，我就来到哈佛大学教育学院学生资助办公室，向主任了解情况，并进一步陈述自己的经济困难。他耐心地听我讲完后问：“你到底有没有决定上哈佛？”

我迟疑了一下说：“是的，我已经决定上哈佛。”

“那就好，”那主任说，“待我收到你的回信后，会进一步替你想办法的。”

回到家中，我立刻给哈佛大学教育学院正式回信，表示我欲秋季入学。

我的信是 6 月 8 日发出的。五天后，我收到哈佛大学教育学院学生资助办公室主任的回函，通知我学院决定补加 2500 美元的奖学金。这令我喜出望外，我马上去 Palubinskas 教授那儿，与她分享我的快乐。

“你从这次经验中学到了什么？”她忽然问我。

我想了想说：“凡事要多想可能性，多做调查。”

Palubinskas 教授点点头说：“先进去，再想办法。（Get in first，and then work your ways out.）”顿了一下，她又一脸认真地说：“我敢打赌，你将来缴的学费一定比你现在想象的少得多。”

Palubinskas 教授的话没有错。入哈佛大学之后，我又通过不同途径找到了各种经济资助。到头来，我在哈佛读书的六年里，非但一分学费未缴，还挣到 40000 多美元的奖学金！

“先进去再说”成为我日后的一项重要的处事原则。

人生难免会遇到这样或那样的选择，让我们处于两难的矛盾境地。著名哲学家朱熹先生曾说：知之愈明，则行之愈笃，行之愈笃，则知之益明。只有多去了解，多去调查，我们才能明白所遇问题的实质，从而坚守信心，勇敢地选择，永不后悔。

女店主忽然发现，被冷风掀起的少年的右手衣袖，像一只黑色的塑料袋一样软绵绵地飘荡着，原来这位少年压根儿就没有右手。

一只手套

雪花在城市上空欢快地舞蹈，寒风在四处流浪。受天气影响，一家小百货商店里没有一个顾客，女店主无所事事地为自己的双手美容，修了修指甲，又涂了红色的指甲油，然后望着店门。这时，店门上厚重的棉门帘被掀开，一股寒流裹着一位妇女和一个十六七岁的少年进入店里，他们身上陈旧且笨重的衣服上堆了不少的积雪，看上去是一对母子。女店主从自己修长的手指上移开目光，热情地迎向她大半天才等来的第一批顾客。

母亲问有没有手套卖。女店主说有，便热情地介绍有羊皮的、绒线的、针织的。母亲说拿几双男式手套看看。女店主很快把几种男式手套摆在了他们面前。母亲和少年左挑右选，逐一问明价格。

好一会儿，少年说：“妈，就买一双绒线的吧，便宜些。”母亲说：“天这么冷，你的手都冻裂了，还是买羊皮的吧，羊皮的既暖和又好看。”她选了几款羊皮手套，给儿子的左手戴上，看了看款式，试了试大小，唯有一款不大不小正好合适，母亲便说：“挺好，就买它了。”一问价钱，146 元一双。母亲便解开上衣衣扣，从贴身的衣兜里掏出一把零钱，先是 10 元，后 5 元，再 2 元、1 元，直到硬币都点给女店主，结果钱还是不够。母亲说：“姑娘，我还差 5 元钱，能不能便宜一点儿，这 5 元钱就算了？”

女店主一口回绝说：“不行，一双手套本来就赚不了几个钱，我一上午才等来你这么一个买主，你再少给 5 元，我今天吃什么？”面对这位母亲几近哀求的游说，女店主始终无动于衷，一分钱也不肯让。儿子见母亲为难，说：“妈，就买绒线的吧，还能省好几十块钱。”

母亲固执地说：“不，我不能委屈了你的手。”她见女店主不肯降价，又试探着问：“姑娘，我钱不够，能不能给一半的钱，你卖一只手套给我？”

女店主十分纳闷：“哪有买一只手套的？”

母亲解释道：“哦，是这样……我儿子原来的手套丢了一只。”

女店主直摇头：“绝对不行！剩下的一只我卖给谁？”

母亲无奈，便遗憾地从儿子左手上脱下那只羊皮手套，放在货柜上，对儿子说：“咱们到别的店看看吧。”

她拉着儿子向店门走去，当他们掀开厚重的门帘时，一股冷风“呼”的一声灌进店里。

女店主忽然发现，被冷风掀起的少年的右手衣袖，像一只黑色的塑料袋一样软绵绵地飘荡着，原来这位少年压根儿就没有右手。

女店主陡然一惊，身上的某一处神经被深深触动，就在他们迈出店门的那一瞬，她大声喊道：“请等一等！”母亲和少年回过头来，女店主说：“我卖给你们一只手套。”

母亲付了73元钱，让儿子心满意足地戴上了一只羊皮手套，然后千恩万谢后离去。

女店主再次端详自己的双手，那双手健康而且修长。她猛然发现，这双可以创造无数财富和人生意义的手是多么宝贵，尤其是那些失去了一只手的人，对剩下的一只手更需要加倍珍爱和精心呵护。

唯利是图与富有同情心是人性的两个层面，一个死抠的是价钱，一个展示的是价值。女店主虽然赔了钱，却感到十分欣慰。

人往往挣再多的钱都没有满足的时候，但行一件小小的善事却会感到极大的满足，这便是价钱与价值的区别。

向困难中的人们伸出自己一双温暖的援助之手，那回馈的一个灿烂的微笑、一个感谢的眼神，都能使自己心灵满盈快乐。

青年右手拿着毛巾，左手去握母亲的脚，他这才发现母亲的那双脚已经像木棒一样僵硬，他不由得搂着母亲的脚潸然泪下。

悠悠寸草心

日本一位名牌大学的毕业生应聘于一家大公司。社长审视着他的脸，出人意料地问：“你替父亲洗过澡擦过身吗？”“从来没有过。”青年很老实地回答。“那么，你替父母捶过背吗？”青年想了想：“有过，那是我在读小学的时候，那次母亲还给了我十块钱。”在诸如此类的交谈中，社长只是安慰他别灰心，会有希望的。青年临走时，社长突然对他说：“明天这个时候，请你再来一次。不过我有一个条件，刚才你说从来没有替父母擦过身，明天来这里之前，希望你一定要为父母擦一次。你能做到吗？”这是社长的吩咐，因此青年一口答应了。

青年虽大学毕业，但家境贫寒。他刚出生不久父亲便去世了，从此，母亲为人做用人拼命挣钱。孩子渐渐长大，读书成绩优异，考进东京名牌大学。学费虽令人生畏，但母亲毫无怨言，继续做用人供他上学。时至今日，母亲还在做用人，青年到家时母亲还没有回来。母亲出门在外，脚一定很脏，他决定替母亲洗脚。母亲回来后，见儿子要替她洗脚，感到很奇怪："脚我还洗得动，我自己来洗吧。"于是青年将自己必须替母亲洗脚的原委说了，母亲很理解，便按儿子的要求坐下，等儿子端来水盆，把脚伸进水盆里。青年右手拿着毛巾，左手去握母亲的脚，他这才发现母亲的那双脚已经像木棒一样僵硬，他不由得搂着母亲的脚潸然泪下。在读书时，他心安理得地花着母亲如期送来的学费和零花钱，现在他才知道，那些钱是母亲的血汗钱。第二天，青年如约去了那家公司，对社长说："现在我才知道母亲为了我受了很大的苦，您使我明白了在学校里没有学过的道理，谢谢社长。如果不是您，我就不会去握母亲的脚，我只有母亲一个亲人，我要照顾好母亲，再不能让她受苦了。"社长点了点头，说："你明天到公司上班吧。"

年幼时，我们不懂父母为我们所付出的艰辛，正如故事中的青年，心安理得地花着母亲的血汗钱，却从不曾想过要为父母做些什么。如今的你，是不是和文中的青年犯了一样的错误？为我们的父母做点什么吧，哪怕只是为辛苦了一天的他们捶一捶背呢！

他伤感地应允，将衬衣脱下。那天，他只穿了外套走，天有些冷，不知道他走那么长的路，有没有感冒……

只得旧物一两件

我有一只白玉烟斗，一直随身携带，常常会取出来看，慢慢地想。有一次朋友见了，笑，说：“这个烟斗必定和男人有关，是某段爱情的‘遗留物’吧？”

我认真地对她说：“不是你想的那样，这只烟斗，是外婆的遗物。”

记忆里，外婆是个慈善勤勉的女人，三十几岁守寡，此后一心一意地抚养孩子。在条件艰苦的农村，一个瘦弱的女人却让一双儿女一直生活得比其他孩子更体面更幸福，其中付出的艰辛，想想便知。

后来儿女长大成了家，她又开始照顾儿女的儿女们，一点一滴细细致致，将所有孩子都照顾得健康快乐。老了以后，外婆固执地回到乡下的老屋，却依旧闲不住，帮邻里帮乡亲，80 岁高龄的时候，每天坐在院子里剥玉米粒……

外婆是 60 岁以后才开始抽烟的，每天就一两支，在黄昏的时候，坐在那张古色古香的藤椅上，用这只款式简单、颜色干净的白玉烟斗，点上一支烟，慢慢抽一口，也就缓解了一天的疲劳。

这只慢慢散出淡淡烟雾的烟斗，和外婆那张越发苍老也越发慈祥的脸，成为我对她的记忆的最后定格。

1996 年冬天，外婆去世，留下的一些旧物品，按照我们老家的风俗，子孙要分配掉，叫作“分福”，我要了那只不在分配之列的烟斗。从那天起，我就一直将它带在身边，带着它读完高中读完大学，从一个城市到另一个城市……

十年来，它已经成为我生命中的一部分，让我在外婆离开多年后，依旧记得她的善良、她的好和她对我细腻的爱。

和男人有关的爱情“遗留物”，我也有，只一件，一件白色的棉布衬衣。

很多 26 岁的女子都会有一些和爱有关的物品，一条手链，一瓶香水，一盘磁带，或者两张电影票……而且大多数人都会有很多，要知道不是谁都可以做到在离开一个人后将与他有关的一切彻底清扫干净。事实上，那也不过是一种徒劳的行为，物品不是重要的，重要的是记忆。

我却只有那一件。那件白色的棉布衬衣。

因为穿得久，衬衣的白已经不再纯粹，微微泛了光阴的黄，质地也有了清洗过多次后的绵软。靠得很近时，我能嗅到洗衣粉淡淡的香，不高兴的时候，曾经把眼泪藏在里面，高兴的时候，曾经把自己藏在里面……

那段爱情最后无疾而终，或者是没有缘分，但想起来，那依旧是爱过的一个人。分手的时候，我要他把一切都带走，留下那件白衬衣。他伤感地应允，将衬衣脱下。那天，他只穿了外套走，天有些冷，不知道他走那么长的路，有没有感冒……

再转换空间，行李箱里就会多了那件白色的棉布衬衣，它带着光阴痕迹的色泽和绵软给我一种温柔的想念，让我知道我曾是个被爱和深爱过的女子。我不愿意忘记他，纵然我们之间有一些小的伤害，但真的很爱很爱过。

我觉得爱过的女子，会美；爱过后分开不恨的女子，会更美。

有时候晚上睡不着觉上网和朋友说话的时候，我会在暖气十足的屋子里穿着那件棉布衬衣。他高的缘故，衣服很大，我穿着，袖子要卷起来，下摆几乎到了膝盖，整个人包在里面，可以嗅到属于他的干净的味道，就会想起他，会微笑。

是的，微笑。

关于旧物，与人有关的旧物，我只此两件，并将会在有生之年一直保留。是那只小小的白玉烟斗，让我成长为一个懂得感恩和怀念的女子。

而那件普通的旧棉布衬衣，让我懂得了珍惜和想念爱情。而对一个女人来说，懂得怀念和想念，弥足珍贵。所以，旧物真的无须多，只得一两件，足够！

旧物之上，凝聚着至亲至爱之人身上的熟悉气味，凝聚着青灰色的、清晰如昨的记忆。

一只旧烟斗，是外婆的音容笑貌，是外婆的慈爱温情，是一份绵绵不绝的怀念。一件白衬衫，是恋人的柔软细腻，是年少的清澈眼泪，是一份珍藏爱惜的相思。仔细收起这些旧物，收起的，是一份美与善的纪念。

最后，小老虎感到体内有股东西在蠢蠢欲动，一直涌到它的小腹，逐渐地弥漫它全身，这时，它再也忍受不住了。

你是老虎不是山羊

有这样一个有趣的故事：

一只小老虎因母老虎被杀而被一只山羊收养。接下来的几个月，小老虎喝母山羊的奶，跟小山羊玩，它在尽力学做一只山羊。

过了一阵子，事情越来越不对劲，尽管这只小老虎努力去学，它仍不能变成一只山羊。它的样子不像山羊，它的气味不像山羊，它也无法发出山羊的叫声。其他山羊开始怕它，因为它玩得太粗鲁，而且它的身体太大。这只小老虎退缩了，它觉得被排斥，觉得自己不如别人，但它不知道自己究竟错在哪里。

一天，传来一声巨响！山羊们四散奔逃，只有小老虎坐在岩石上不动。

突然，一只巨兽走向它所在的空地，它的颜色是棕色的，中间夹杂着黑色条纹，它的目光如火。

“你在这羊群中干什么？”那个入侵者对小老虎说。

“我是一只山羊。”小老虎说。

“跟我来！”那只巨兽以一种权威的口吻说。

小老虎发抖地跟着巨兽走入丛林中，最后，它们来到一条大河边。巨兽低头喝水。

“过来喝水。”巨兽说。小老虎也走到河边喝水，它在河中看到两只一样的动物，一只较小，但都是棕色并有黑色条纹。

“那是谁？”小老虎问。

“那是你，真正的你！”

“不，我是一只山羊！”小老虎抗议道。

突然，巨兽拱起身子来，发出一声巨吼，整座丛林仿佛都为之动摇不已。等声音停止后，一切都变得静悄悄的。

“现在，你也吼一下！”巨兽说。

小老虎张大嘴，最初很困难，但它终于吼出声来，虽然像是在呜咽。

“再来！你可以办到！”巨兽说。

最后，小老虎感到体内有股东西在蠢蠢欲动，一直涌到它的小腹，逐渐地弥漫它全身，这时，它再也忍受不住了。

“现在，”那只大老虎说，“你是一只老虎，不是一只山羊！”

小老虎开始明白，为何它在跟山羊玩时感到不满意。接连三天，它都在丛林中漫步。

此后，当它对自己是老虎感到怀疑时，它会拱起身子来大吼一声。它的吼声虽不及大老虎那般雄壮，但谁又能对它产生怀疑呢？

生活中，我们难免会对自己的能力产生怀疑，继而迷惘、失落。这时，我们应该静静地思考，问问自己：如果我是强者，为什么不用行动来证明我的实力呢？遇到困难，我们先不要灰心，我们有实力，就需要付诸行动，用行动来证明我们的实力。

就在狐狸要吃掉乌鸦的时候，乌鸦突然想到了刺猬的秘密，便对狐狸说："狐狸大哥，听说你很想尝尝刺猬的美味，如果你放了我，我就告诉你刺猬的死穴。"

是谁出卖了刺猬

最近，有位同事不断地向我抱怨她的朋友不替她保守秘密，使她遇到了很大的麻烦。这让我想起小时候看过的一个故事，这个故事直到现在我仍记得很清楚，因为这个故事说出了一个为人处世的道理。

森林里，狐狸垂涎刺猬的美味很久了，但一直苦恼于刺猬的一身硬刺——只要狐狸一靠近，刺猬便蜷成一个大刺球，让狐狸一点儿办法都没有。

刺猬和乌鸦是好朋友，一天，刺猬和乌鸦聊天，乌鸦很羡慕刺猬有这么好的铠甲，便说："朋友，你的这一身铠甲真好啊，就连狐狸都没办法。"刺猬经不起乌鸦的吹捧，忍不住对乌鸦说：

“其实，我的铠甲也不是没有弱点。当我全身蜷起时，腹部还有一个小眼儿不能完全蜷起。如果朝那个小眼儿吹气，我受不了痒，就会打开身体。”乌鸦听了十分惊讶，原来刺猬还有这样一个小秘密。刺猬说完后，对乌鸦说：“我这个秘密只跟你说过，你可千万要替我保密，如果传出去被狐狸知道了，那我就死定了。”乌鸦信誓旦旦地说：“放心好了，你是我的好朋友，我怎么会出卖你呢？”

过了不久，乌鸦落在了狐狸的爪下。就在狐狸要吃掉乌鸦的时候，乌鸦突然想到了刺猬的秘密，便对狐狸说：“狐狸大哥，听说你很想尝尝刺猬的美味，如果你放了我，我就告诉你刺猬的死穴。”狐狸眼珠子一转，便放了乌鸦，乌鸦便对狐狸说了刺猬的秘密。

后果可想而知。刺猬被狐狸咬住柔软的腹部时，绝望地说：“乌鸦，你答应替我保守秘密的，为什么出卖我？”

小时候看了这个故事我还为乌鸦出卖了朋友生气，但随着年龄的增长，我慢慢领悟到，真正出卖刺猬的其实是它自己。它生活在一个充满危险、弱肉强食的森林里，只有它的一身硬刺能保护它，而它为逞一时的口舌之快，却把自己的破绽告诉了乌鸦。

这个故事并不是让大家把自己层层包裹起来，不去交朋友，不去倾诉。它只是说，关系到自己正常生活乃至生命的秘密，绝对不可轻易告诉他人。但如果说了，又被传出去了，就不要怨恨朋友出卖了你，因为第一个说出这个秘密的人是你自己。自己都不能替自己保守秘密，又怎能要求别人替你保守呢？

当错误发生后，我们首先应该从自己身上找原因，而不是一味地指责别人，从别人的身上找错误，继而忽视了自己的错误。很多时候，是自己的心浮气躁、马虎大意导致了错误。比如文章中的刺猬之死，最根本的原因就是自己的口无遮拦。

娘说着打开锅盖，锅里奇迹般地蒸着五个白中带黄的大馒头！“你看，人家老师说我家平娃学习好，还多奖励了两个呢！”

童年的馒头

如今的幸福时光使我欣慰，不过有时心底也会泛起一丝苦涩。小时候，娘拉扯着我和妹妹，家里穷得叮当响。我在五里外的小村子上学，六岁的妹妹在家烧火做饭，背着那个比她还高半截的竹篓打猪草。娘起早摸黑挣工分，日子清贫得像一串串干枯的灯笼花。

有年“六一”，学校说是庆祝儿童节，每个学生分三个馒头。我兴冲冲地对娘和妹妹说：“明天发馒头，妹妹一个，娘一个，我一个。”妹妹笑了，娘也笑了。

那天，学校真的蒸了馒头。开完典礼，我手里多了片荷叶，荷叶里是三个热腾腾的大馒头。

回家的路上，我看着手中的馒头，口水一咽再咽，肚子也发出咕咕的叫声。吃一个吧，我对自己说，于是先吃了自己那个。

两三口下去，嘴里还没品出味儿，馒头已不见了。

又走了一段，口水和肚子故技重演，而且比刚才更厉害。

咋办？干脆，我把娘那个也吃了，给妹妹留一个就是。娘平时不是把麦粑让给我和妹妹，她只喝羹吗？娘说过，她不喜欢麦粑呀！

……我回家时，呆呆地看着手中空空的荷叶，里边连馒头渣也没一点儿了。我不知道自己怎样进了门，怎样躲开妹妹的目光。娘笑笑，没吭声。

呆立间，同院的二丫娘过来串门，老远就嚷嚷：“平娃娘，平娃娘！你家平娃带馒头回来了吗？你看我家二丫，发三个馒头，一个都舍不得吃，饿着肚皮给我带回家了！”

娘从灶间抬起头，说：“可不，我家平娃也把馒头全带回来了！你看嘛……”娘说着打开锅盖，锅里奇迹般地蒸着五个白中带黄的大馒头！“你看，人家老师说我家平娃学习好，还多奖励了两个呢！”

二丫娘看看我，我慌乱地点点头……

那天晌午，娘把馒头拿给我和妹妹，淡淡地说：“吃吧，平娃，不就是几个馒头吗？”妹妹大口大口咬着馒头，我却哇的一声哭了。

我信誓旦旦地要将学校分的三个馒头带回来，妹妹一个，娘一个，我一个。但是我却因为嘴馋和肚子饿，最终忘记了自己的承诺，将所有的馒头都吃了。回到家的我面对串门的二丫娘的问话，显得慌乱不堪。然而，娘却奇迹般地蒸好了几个大大的馒头，帮我圆了谎，保住了我的尊严。

后来，我发现，就是在那一天，我的童年结束了。

母亲对孩子的宽容有着最大的限度，即使孩子做错了，她也会从心里偏袒自己的孩子，这是作为母亲的一种本能。

孩子就是孩子，饿极了，就把对母亲的承诺抛到了脑后。但母亲没有责备，没有埋怨，甚至还竭力为儿子保全尊严。这就是母爱的伟大与宽容。